SARAH M. KEMPEN

VALENTINA AMOR

ALL YOU NEED IS LOVE
(oder so)

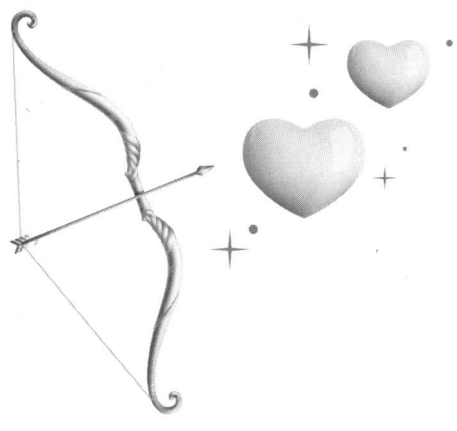

SCHNEIDERBUCH

1. Auflage 2024
Originalausgabe
© 2024 Schneiderbuch in der
Verlagsgruppe HarperCollins Deutschland GmbH, Hamburg
Alle Rechte vorbehalten

Dieses Werk wurde vermittelt durch
Paula Peretti Literarische Agentur
Covergestaltung und Vignetten: Carolin Liepins
unter Verwendung von Motiven von Shutterstock
Gesetzt aus der Arno
von GGP Media GmbH, Pößneck
Druck und Bindung: GGP Media GmbH, Pößneck
Printed in Germany
ISBN 978-3-505-15165-1

www.schneiderbuch.de
Facebook: facebook.de/schneiderbuch
Instagram: @schneiderbuchverlag

Für JOHANNA und JONAS,
weil ich eure ganze Liebesgeschichte von Anfang an
begleiten durfte – ein bisschen wie eure ganz
persönliche Liebesgöttin.
Ich wette, Valentina hätte euch als Vorzeigeliebespaar
in ihrem schlauen Ordner abgeheftet.

Kapitel 1

STUPID CUPID

Die Tür zum Zimmer meines Vaters war pink und herzförmig. Sie war perfekt symmetrisch, die Farbe strahlte wie am ersten Tag, und sie war insgesamt absolut makellos. Das wusste ich ziemlich genau, immerhin starrte ich sie nun schon seit gut zwanzig Minuten an und hatte mit jeder Faser eine tiefe Beziehung aufgebaut. Mittlerweile musste ich aber einsehen, dass dieses Herz mir nicht das Gespräch abnehmen würde, das ich gleich führen wollte. Ich drückte den großen pinken Aktenordner fester an mich. Langsam wurde er wirklich schwer. Kein Wunder – immerhin war er bis oben hin gefüllt mit Analysen sämtlicher Liebesfilme und -romane sowie penibelster Statistiken über Beziehungen aus aller Welt. Wenn es eine Antwort auf das Geheimnis der Liebe gab, dann hielt ich sie hier in den Händen. Das durfte auch schon mal ein bisschen mehr wiegen.

»Liebe ist ein knallhartes Geschäft«, murmelte ich vor mich hin. »Und ich bin bereit, in das Geschäft einzusteigen.« Ein absolut genialer Satz, wie ich fand. Ich hatte tagelang daran gearbeitet. Wenn das meinen Vater nicht sofort aus seinen Schuhen haute, dann wusste ich auch nicht. Diesmal würde ich ihn ganz sicher überzeugen.

Ich atmete tief durch und klopfte zaghaft an, in die Mitte des Herzens, im Rhythmus meines eigenen, wild schlagenden. Nichts. Gut, nicht aufgeben, Valentina! Ich klopfte erneut, lauter und öfter. Wieder nichts. Seltsam. Paps war ganz sicher in seinem Zimmer, er hatte es seit gestern Abend nicht verlassen, nachdem Mama überstürzt aus dem Haus gepprescht war.

Ich legte mein Ohr an das Herz und lauschte. Leise Geräusche drangen durch die Tür. Ein paar Dialogfetzen, ein bisschen Musik. Das reichte, um zu erkennen, dass es sich um den Film *Göttlich verliebt* handelte. Okay, das war ein ziemlich guter Film, verständlich, dass man da ein Klopfen überhörte. Aber mein Anliegen konnte leider nicht warten, bis das Paar sich höchstromantisch am Strand im Sonnenuntergang küsste. Ich zählte bis drei – was ziemlich lange dauerte, weil ich in 0,2er-Schritten zählte –, und dann trat ich ein.

»Hallo, Paps, darf ich kurz …« Ich konnte den Satz nicht zu Ende bringen, so schockierend war der Anblick, der sich mir bot.

Sicher habt ihr alle einmal von den römischen und griechischen Göttern gehört. Zeus mit seinem Blitz, Hermes mit seinen Flügelschuhen, Persephone mit ihrem Hades. Unsterbliche, mächtige und wunderschöne Wesen. Einer von ihnen ist der Liebesgott Amor, von dem es ganz verschiedene Vorstellungen gibt. Ein kleiner frecher Junge, der nackt durch die Gegend fliegt und Leute mit herzförmigen Pfeilen beschießt, woraufhin sie sich verlieben. Oder ein großer muskulöser Mann, der ebenfalls durch die Gegend flügelt und ebenfalls mit herzförmigen Pfeilen um sich schießt. Nur dass er dabei ungemein besser aussieht als der kleine Junge. Und meistens genauso nackt ist.

Was man sich aber ganz bestimmt nicht vorstellt, ist ein Mann mittleren Alters mit ungepflegten Bartstoppeln, strubbeligem Haar und rosa Plüschbademantel, der auf einer quietschpinken Couch lümmelt und einen Liebesfilm guckt. Doch genauso sah der Liebesgott Amor gerade aus. Und wenn ihr es schon schlimm findet, euch den Gott der Liebe so vorzustellen, dann stellt euch jetzt den Horror vor, wenn es sich dabei auch noch um euren Vater handelt.

Als Paps mich bemerkte, setzte er sich aufrechter hin und pausierte den Film. »Oh, Herzchen, was gibt es denn?«, rief er überrascht. Als Antwort entglitt mir der Ordner und krachte donnernd auf den Boden.

»Wie siehst du denn aus?«, entfuhr es mir.

Paps zog eine göttliche Augenbraue hoch, die in Sachen Tadeln wirklich unerreicht war und die ich ganz hoffentlich von ihm geerbt hatte. »Was soll das denn heißen?« Er zuppelte sich den Bademantel zurecht. »Ich habe mir nur etwas Bequemes angezogen und meinen Lieblingsfilm angemacht, spricht etwas dagegen?«

9

Natürlich tat es das nicht. Aber ich kannte meinen Vater. Niemals würde der ehrwürdige Liebesgott Amor freiwillig seine Toga ablegen und weniger als absolut perfekt aussehen. Es gab nur eine Möglichkeit: »Du hast Liebeskummer!«

Ich hob den Ordner auf und fischte gezielt ein Blatt heraus – ich hatte diesen Ordner schon so oft aktualisiert, ich wusste im Schlaf, wo sich welche Seite befand. Ich hielt es ihm hin. »Die Anzeichen sind eindeutig.« Ich tippte auf die einzelnen Punkte, während ich sie rezitierte: »Ungepflegtheit, Hang zu gemütlicher Kleidung, Liebesfilme …« Die Liste ging noch weiter, aber es reichte, um meinen Standpunkt klarzumachen. Wir beide wussten, dass ich recht hatte. Mein Vater kannte die Anzeichen genauso gut wie ich.

Paps räusperte sich. »Nun, Valentina. Ich weiß, als Gott der Liebe sollte man wohl wirklich vor so etwas gefeit sein. Aber ich befürchte, wenn die Liebe deines Lebens ›etwas Abstand‹ braucht, wie sie es nennt, dann hat auch der Gott der Liebe mal, nun ja, Liebeskummer.«

Ich starrte meinen Vater an. »Mama und du hattet doch nur einen kleinen Streit.« Um ganz ehrlich zu sein, waren gestern Abend die Fetzen so dermaßen geflogen, dass wir froh sein konnten, dass das Haus noch stand. Da meine Eltern sich aber ziemlich häufig stritten, hatte ich dem nicht so viel Bedeutung beigemessen. Okay, gut, meine Mutter war danach noch nie aus dem Haus gerauscht und bis zum nächsten Morgen nicht wiedergekommen. Aber für alles gab es ein erstes Mal.

Paps lehnte sich auf dem Sofa zurück und schaffte es mit dieser Bewegung sogar, einem rosa Plüschbademantel etwas göttliche Anmut einzuhauchen. »Deine Mutter und ich sind das größte Liebespaar aller Zeiten. Ich meine, unsere Liebe ist unvergleichbar. Balladen wurden unseretwegen gesungen, Verse geschrieben, Sagen erzählt. Der legendäre Liebesgott Amor und seine Psyche. Ich habe sie auf den Olymp erhoben und ihr die Welt zu Füßen gelegt. Aber nach Tausenden Jahren Ehe ist sie anscheinend von mir ... Wie hat sie gesagt? *Gelangweilt.*«

Innerlich verdrehte ich die Augen. Das Problem bei Göttern ist ihr verdammt großes Ego. Und nichts kränkte den Gott der Liebe mehr als der Vorwurf, die Ehe mit ihm sei langweilig. Aber irgendwie tat mir Paps auch leid.

»Kann ich irgendwas für dich tun?«, fragte ich vorsichtig, drehte die Liste um und überflog die weiteren Punkte. »Willst du vielleicht Eis oder so was?« In so ziemlich jeder romantischen Komödie löffelten die Figuren nach einer Trennung literweise Eis, es schien also ein wirksames Mittel, um darüber hinwegzukommen.

Paps musterte mich herablassend. »Valentina, ich bitte dich. Ich bin ein mehrere Tausend Jahre alter Gott, ich brauche ganz sicher keine Eiscreme, um mit ein bisschen Liebeskummer fertigzuwerden.« Er zögerte. »Aber wenn welches da ist, würde ich es nehmen.«

Ich verkniff mir ein Grinsen. Selbst Götter mussten sich den unumstößlichen Regeln beugen, die ich zusammengetragen hatte. Fehler waren ausgeschlossen. Die Frage war natürlich rein rhetorisch gewesen. Ich hatte nicht wirklich die Absicht, mich auf den Weg zu machen, um meinem Vater Eis zu holen. Denn tatsächlich war diese Situation sogar perfekt für mein Anliegen.

»Aber wenn du jetzt Eis isst«, begann ich, »heißt das doch, dass du Menschen gerade nicht die Liebe bringst, oder?« Ich nickte in Richtung seines herzförmigen Bogens mit Pfeilköcher, der an der Wand hing.

Paps kniff die Augen zusammen. Er strich seinen Bademantel glatt. »Nun, durch diese … Sache … ist mir bewusst geworden, dass das ständige Verlieben vielleicht überhaupt nicht nottut. Ich meine, das ist doch wirklich nicht sehr effizient, ständig fliege ich herum und verschieße Pfeile, die Sterblichen verlieben sich, nur um sich kurz darauf wieder zu trennen.«

Okay, anscheinend hatte ihn die Sache mit Mama mehr mitgenommen als gedacht.

Paps griff nach einer Pralinenschachtel, die neben der Couch stand. »Vielleicht sollte ich einfach mal eine Pause einlegen und meine Zeit mit sinnvolleren Sachen verbringen«, fuhr er fort, während er sich die erste herzförmige Praline in den Mund steckte.

Ich verzog das Gesicht. »Zum Beispiel damit, *Göttlich verliebt* zu gucken?«

»Ganz genau!« Paps fuhrwerkte in der Pralinenschachtel herum. »Und da ich ja anscheinend nichts von Liebe verstehe und langweilig bin, tu ich den Menschen ja auch einen Gefallen, wenn ich sie damit verschone«, murmelte er.

Jetzt benahm er sich aber wirklich bockig.

»So ein Quatsch!«, rief ich so laut, dass Paps erschrocken aufsah. »Die Menschen brauchen Liebe! Es ist doch das Tollste der Welt. Das Kribbeln im Bauch, das unfassbar selige Lächeln, wenn man die verliebte Person ansieht, dieses aufgeregte Gefühl des Glücklichseins und dass plötzlich die ganze Welt Sinn ergibt, weil man mit dieser einen Person zusammen ist. Und nur weil Mama gerade sauer auf dich ist, ist doch nicht Liebe an sich blöd!«

Paps starrte mich an, und eine seiner göttlichen Augenbrauen wanderte anerkennend in die Höhe. Vielleicht war es auch Verwirrung. Jedenfalls war ich wohl ein wenig übers Ziel hinausgeschossen.

Schnell räusperte ich mich. »Ich meine, du kannst natürlich gerne eine Pause machen. Aber du weißt bestimmt, dass sich trotzdem jemand um das Verlieben kümmern muss.« Ich hob den Ordner auf. »Und dafür habe ich eine Lösung.«

Paps stöhnte. »Oh nein, Valentina. Nicht dieses Thema schon wieder!«

Jetzt gab es kein Zurück mehr. »Doch! Das ist nun wirklich der perfekte Zeitpunkt, um endlich mit meiner Ausbildung zur Liebesgöttin zu beginnen.« Ich holte tief Luft, jetzt kam die Kür: »Liebe ist ein knallhartes Geschäft. Und ich bin bereit, in das Geschäft einzusteigen.« Ich sah meinen Vater grinsend an, bereit, seine Bewunderung für diesen überzeugenden Spruch zu empfangen.

»Nein.«

»Was?«

»Nein. Immer noch. Du bist noch nicht so weit.«

»Och, komm schon!« Ich blätterte durch den Ordner und hielt ihm verschiedene Seiten hin. »Ich weiß alles über die Liebe! Ich kenne die berühmtesten Paare der Welt, habe alle Liebesromane gelesen und alle Filme geguckt, die nur den Hauch einer romantischen Geschichte haben. Jeden einzelnen! Mehr als einmal! Ich lebe, atme und bin Liebe! Und zwar buchstäblich. Ich will *endlich* auch Menschen beim Verlieben helfen.«

»Das weiß ich doch, Schatz.« Amor seufzte. »Aber deine Großmutter Aphrodite entscheidet darüber, wer die Ausbildung beginnt. Und sie findet, dass du noch Zeit brauchst.«

»Dann leg doch ein gutes Wort für mich ein. Du bist schließlich ihr Sohn!«

»Und genau deswegen wird sie auch niemals auf mich hören«, murmelte er, den Blick in die Ferne gerichtet.

»Aber alle anderen Nachwuchsgötter in meinem Alter dürfen schon, nur ich nicht. Hast du eine Ahnung, wie sich das anfühlt? Ich bin immerhin deine Tochter, die des Liebesgottes Amor, beim Hades!«

Ich stampfte auf den Boden auf, was wirklich das Gegenteil einer erwachsenen Reaktion war und Paps sicher noch mehr darin bestätigte, dass ich nicht bereit war.

»Und weil du meine Tochter bist, wird Aphrodite es dir nicht erlauben. Von dir wird einiges erwartet. Für Liebe braucht es viel Verantwortungsbewusstsein und viel Verständnis.«

»Aber das habe ich! Gib mir einfach einen Bogen und ein paar Pfeile, und ich werde dich nicht enttäuschen«, rief ich und machte einen Schritt auf Paps zu. Blöderweise stolperte ich dabei über die Teppichkante und verlor das Gleichgewicht. Der Ordner flog mir aus der Hand und krachte auf den Couchtisch vor mir. Durch die Erschütterung fiel eine Lampe um, die auf dem Tisch stand. Blitzschnell war Paps zur Stelle und fing sie gerade noch rechtzeitig auf. Er musterte mich, und die göttliche Augenbraue wanderte Richtung unordent-licher Frisur.

»Ja, ich bin vollkommen überzeugt, dass nichts Schlim-mes passieren wird, wenn ich dir einen Bogen in die Hand drücke«, sagte er und stellte die Lampe wieder hin.

Zumindest seinen Sarkasmus hatte er nicht eingebüßt.

Ich klaubte meinen Ordner auf. »Dafür, dass du Liebe überflüssig findest, ist sie dir aber ziemlich wichtig!«, zischte ich, marschierte aus dem Zimmer und knallte die Tür hinter mir zu, dass es schepperte.

Kapitel 2

FLY ON THE WINGS OF LOVE

Ich versetzte der pinken Herztür einen Tritt. All die Zeit, die wir eben noch miteinander verbracht hatten. Und doch verbarg sich hinter diesem Herzen nur Enttäuschung. Am schlimmsten war aber, dass meine Niederlage von der romantischsten Geigenmusik der Welt untermalt wurde. Sie stammte von einem Orchester fliegender Geigen, die unter der Marmordecke schwebten. Denn wenn man verliebt ist, hängt der Himmel ja bekanntlich voller Geigen. Bei uns in den Fluren war das eine sehr wörtliche Sache, und ja, als ich kleiner war, hatte ich immer mal wieder mit einer Steinschleuder die Instrumente abgeschossen, bis sie ganz aus dem Takt gekommen waren. Irgendwann hatte Paps meine Steinschleuder konfisziert. Jetzt gerade vermisste ich sie schmerzlich.

Die liebliche Melodie eines Glockenspiels mischte sich unter die Geigen, begleitet von einem Paar flatternder Flügelchen. Und dann tauchte eine Amorette vor mir auf. Davon gab es Dutzende in unserem Haus. Kleine nackte Engelchen, die herumfliegen und Amor alle möglichen Arbeiten abnehmen. Sei es im Haushalt oder sonst wo. Sie sehen alle exakt gleich aus, und ihr Gesichtsausdruck ist immer derselbe, wie bei einer Statue: ein festgekleistertes Lächeln und Augen ohne Pupillen im gleichen Cremeton wie ihr restlicher Körper – was schon ein wenig gruselig ist. Zudem sprechen sie nicht. Das Einzige, woran man Amoretten unterscheiden kann, ist die Melodie des Glockenspiels, die ihre Bewegungen begleitet. Die Amorette, die nun vor mir schwebte, war Eugene. Eigentlich hatten die Amoretten keine Namen, aber ich hatte irgendwann begonnen, ihnen welche zu geben. Das machte sie zumindest ein bisschen weniger gruselig.

In seinem Arm hielt Eugene einen großen Becher Himbeereis mit herzförmigen Schokoladenstückchen. Offenbar das Eis, das ich Paps gegen seinen Liebeskummer angeboten hatte. Die Amoretten spürten immer, wenn wir etwas benötigten. Oder zumindest, wenn Amor etwas benötigte, denn sie waren ausnahmslos ihm unterstellt. Wenn sie etwas für mich taten, dann nur, weil Paps ihnen das gesagt hatte oder es ihm irgendwie half.

Obwohl Eugenes Gesichtsausdruck regungslos blieb, wusste ich, dass er darauf wartete, dass ich die Tür freigab und er somit zu seinem Herrn und Meister vorflügeln und ihm das dringend benötigte Eis bringen konnte. Das machte mich wütend. Wie ich mich gerade fühlte, war ihm – und natürlich

Paps – total egal. Überhaupt war es total absurd, dass Eugenes größtes Verlangen war, Amor Eis zu bringen.

Haushaltshilfen hin oder her, eigentlich sollten sie Paps hauptsächlich dabei assistieren, Leute zu verlieben. Auch sie flogen in seinem Auftrag in der Welt umher und verliebten Sterbliche per Pfeil und Bogen miteinander. Aber jetzt teilte Paps ihnen wohl andere Aufgaben zu. Es war eine unerhörte Frechheit, wie nebensächlich er die Liebe der Menschen behandelte. Und wer so drauf war, verdiente kein Eis. Sollte er sich doch in seinem Unglück suhlen.

»Gib mir das!« Ich entriss Eugene das Eis und stapfte den von Säulen gesäumten Flur hinunter. Eugene geriet natürlich in hellen Aufruhr und flatterte wild um mich herum, um mir irgendwie das Eis wieder abzunehmen. Seine Glockenspielmelodie wurde immer dramatischer. Doch ich hielt das Eis außerhalb seiner Reichweite, was nicht besonders schwer war. Nur nervig.

Noch nerviger war es, als plötzlich George, eine weitere Amorette, auftauchte, der einen Eislöffel in der Hand hielt. Klar, den hatte Eugene wohl vergessen, und da brauchte es mal eben zwei Amoretten. Was für eine Verschwendung.

Nun schwirrten beide um mich herum.

»Haut ab!«, rief ich und schlug mit der Hand, in der ich das Eis hielt, um mich. Und tatsächlich erwischte ich Eugene am Kopf, der gegen eine Kommode krachte. Ups. Ohne eine Miene zu verziehen – natürlich –, rappelte die Amorette sich wieder auf und flatterte davon, als wäre nichts gewesen. Außer dass seine Flugbahn etwas schief war und sein Glockenspiel leicht verstimmt klang. Gehirnerschütterung durch Himbeereis.

Immerhin verlor nun auch George das Interesse an mir. Er ließ den Löffel fallen und folgte Eugene. Vermutlich hatte er Angst, ebenfalls mit einer gefrorenen Nachspeise verprügelt zu werden.

Ich nahm den Löffel und ging zu meinem Zimmer. Dabei passierte ich eine weitere Amorette, Roberto, die gerade die Vorhänge vor einem Fenster zuzog. Draußen an den Scheiben klebten jede Menge rosarote Briefe mit winzigen Flügelchen, die darauf drängten, hereinfliegen zu dürfen.

Ich kannte diese Briefe – es war die Art meiner Großmutter Aphrodite, mit uns zu kommunizieren. Denn Smartphones oder E-Mails waren viel zu neumodisch für die alte olympische Göttin. Bis vor einigen Jahren hatte Aphrodite uns noch einen singenden Boten auf einem weißen Pferd geschickt. Zumindest damit hatte sie aufgehört.

Aphrodite hatte die Angewohnheit, wegen jeder Kleinigkeit einen Brief zu schicken. Trotzdem überraschte mich die schiere Masse vor dem Fenster doch ein wenig. Es musste wirklich sehr dringend sein. Bestimmt hatte es mit Paps' spontanem Arbeitsstreik zu tun. Die Tatsache, dass Roberto die Vorhänge zuzog, ließ kaum Zweifel daran. Paps war ein Riesenfan des Mottos »Aus den Augen, aus dem Sinn«.

Kapitel 3

MY HEART WILL GO ON

In meinem Zimmer ließ ich mich mit einem tiefen Seufzer auf mein Himmelbett fallen.

Als wäre das ihr Stichwort, erschien eine große schneeweiße Möwe auf meiner Fensterbank. Sie putzte sich unter den Flügeln, plusterte sich auf und setzte sich aufrecht hin. »Und, was hat er gesagt?«

Die Stimme der Möwe war sehr tief, was nicht so recht zu ihrem zarten Auftreten passte. Aber man gewöhnt sich ja an alles.

»Er hat abgelehnt. Wie immer.« Ich ließ den Ordner mit einem lauten Poltern zu Boden plumpsen und stellte den Eisbecher auf dem Nachttisch ab.

»War doch klar«, sagte die Möwe. Dann fiel ihr Blick auf

den Eisbecher. »Ist das etwa Himbeereis mit Schoko-herzen?«

Ich schielte zu dem Becher. Ich mochte diese Eissorte überhaupt nicht. »Ja. Kannst du haben.«

Blitzschnell schoss die Möwe auf den Becher zu. »Eis-creeeeeeme!«

In Windeseile machte sie sich darüber her. »So gut«, krähte sie, während sie Eisspritzer über meinen Boden verteilte.

»Bussi!«, ermahnte ich den Vogel, doch das interessierte ihn überhaupt nicht. Zum Glück war Bussi so gierig, dass nachher nicht das kleinste Fitzelchen Eis übrig bleiben und mein Teppich aussehen würde wie frisch gereinigt.

Bussi war ein Geschenk meines Vaters zum Geburtstag gewesen. Paps hatte sich vorgenommen, mir eine liebliche magische Turteltaube zu schenken, passend für ein Kind des Liebesgotts. Blöderweise kannte er sich mit Tieren nicht gut aus, weshalb er eine Möwe statt einer Taube aussuchte.

Ich legte mich auf den Rücken und starrte die Säule meines Himmelbetts an, die sich neben meinem Kopf befand. Sie war vollgeklebt mit Bildern berühmter Liebespaare aus der Geschichte – Arbeiten meines Vaters – oder aus bekannten Liebesfilmen – romantische Happy Ends, die ich auch mal ermöglichen wollte.

»Es ist so unfair!«, stöhnte ich. »Ich könnte so vielen Menschen bei der Liebe helfen. Gerade jetzt, wo Paps sich nicht um sie kümmert. Ich kann das!« Ich strich über ein Liebespaar, Jack und Rose aus *Titanic*, diesem alten Film aus den Neunzigern. Wie es sich wohl anfühlte, so eine Liebe zu verantworten? Zwei Menschen aus verschiedenen Welten, die für ihre Liebe alles aufgaben. In meinem Bauch kribbelte es. Irgendwann würde ich ebenfalls dafür sorgen, dass zwei Menschen sich so ansahen. Warum konnte »irgendwann« nicht jetzt sein?

»Die Liebesgöttin, die so etwas Wundervolles kreiert, muss wahnsinnig stolz sein«, säuselte ich.

Bussi sah auf. »Ist er am Ende nicht gestorben?«, fragte er.

»Nebensächlich!«, schnappte ich. »Jack hat sich für Rose geopfert – aus Liebe! Nur das zählt.« Typisch. Bussi verstand mal wieder gar nichts von Romantik. Ich drehte mich von dem Bild weg. Zu sehr schmerzte die Aussicht, noch ewig darauf warten zu müssen, jemanden so unfassbar verliebt zu machen, dass er im Eiswasser für den anderen starb.

»Der Tag kann echt nicht schlimmer werden«, murmelte ich.

Als wollte das Universum mir widersprechen, erklang plötzlich ein Flirren und Flattern, das Rauschen der Lüfte, die Melodie eines Windspiels und ein heller, fröhlicher Engelschor. Dann erstrahlte ein so gleißend helles Licht, dass ich die Augen zusammenkneifen musste. Kaum öffnete ich sie wieder, stand die schönste Frau der Welt in meinem Zimmer. Das war nicht meine persönliche Einschätzung – sie war tatsächlich die schönste Frau der Welt. Venus, Göttin der Liebe und der Schönheit. Beziehungsweise Aphrodite. Sie bevorzugte mittlerweile diese Form ihres Namens, seit die Menschen unter dem Namen »Venus« auch Rasierer vertrieben. »So weit kommt es noch, mich mit einem Objekt gleichzusetzen, das nur existiert, weil Frauen eingeredet wird, mit Haaren an den Beinen seien sie hässlich«, sagte sie immer.

Aphrodite strahlte mich an. »Valentina, mein Herzmädchen, wie schön, dich zu sehen!« Sie trat auf mich zu, stieß mit dem Zeh an den Ordner und stolperte. »Verfluchtes Mistteil!«, rief sie, gefolgt von einem viel schlimmeren, ganz und gar nicht göttlichen Fluch.

Das hob meine Laune nun doch. Ich grinste und erhob mich vom Bett. »Hi, Oma.«

Sogleich verdunkelte sich Aphrodites wunderschöne Miene. »Nenn mich nicht so!«

»Okay«, sagte ich und unterdrückte ein Lachen, weil ich es natürlich absichtlich gesagt hatte. »Was bringt dich her?«

Aphrodite lächelte gequält. »Ich muss mit deinem Vater sprechen, und er antwortet einfach auf keine meiner Nachrichten. Er hat schon den ganzen Vormittag nicht gearbeitet. Eine Katastrophe!«

Das kam mir doch ziemlich dramatisiert vor. »Von so ein paar Stunden ohne Liebe geht doch nicht gleich die Welt unter.«

»Hast du eine Ahnung!«, rief sie. »Die Trennungen gehen schon jetzt exponentiell in die Höhe, Leute melden sich vermehrt auf Datingportalen an und hinterlassen schlechte Rezensionen, weil sie sich nicht verlieben. Die Unzufriedenheit steigt, die Leute werden unglücklich, Ehepaare werden sich auseinanderleben, dann gibt es Scheidungen. Niemand wird sich neu verlieben. Und dann gibt es irgendwann keine Kinder mehr, und die Menschen werden aussterben.«

Man musste ihren Optimismus einfach lieben.

Aphrodite atmete tief durch und setzte wieder ihr strahlendes Lächeln auf. »Ach, entschuldige, mein Herzmädchen. Das soll natürlich alles gar nicht deine Sorge sein.« Sie tätschelte mir den Kopf, als wäre ich ein Kleinkind. Oder ein Dackel. Ich zog eine Augenbraue hoch und hoffte, dass es einigermaßen so tadelnd und göttlich wirkte wie bei meinem Vater.

»Und warum bist du dann in meinem Zimmer erschienen statt in dem von Paps?«

Aphrodite zögerte, dann lachte sie so bezaubernd, dass ich kurz an den Weltfrieden glaubte. Göttliches Lachen war schon ein ganz anderes Kaliber. »Ich wollte einfach vorher meine Enkelin sehen.« Sie lächelte und strich mir versöhnlich eine Haarsträhne aus dem Gesicht.

Ich zog die andere Augenbraue hoch. »Kann es etwa sein, dass du dich im Zimmer geirrt hast? Mal wieder?«

Aphrodite zog pikiert ihre Hand zurück und winkte ab, ein Zeichen dafür, dass ich recht hatte. »Pah, wie auch immer. Ich werde jetzt deinen Vater suchen und ihn fragen, was, zum Hades, er sich eigentlich denkt, nicht mehr zu arbeiten.« Schon schritt sie zur Tür.

»Oh, das kann ich dir sagen«, rief ich ihr hinterher.

Wie erwartet, drehte Aphrodite sich um. »Warum sagst du es dann nicht gleich?«

»Du hast ja nicht gefragt.« Meine kleine Rache für den Kopftätschler.

Aphrodite strich über ihr Kleid, das dabei das Licht von tausend Sternen reflektierte, obwohl gerade Tag war. »Valentina, wenn du etwas weißt, dann raus damit. Es geht hier immerhin um die Liebe. Das betrifft die ganze Welt! Bitte.«

Wow. Ich konnte mich nicht erinnern, dass sie jemals das Wort »bitte« bei mir benutzt hätte. Sie schien wirklich verzweifelt zu sein, und das beunruhigte mich jetzt doch.

»Mama brauchte eine Beziehungspause«, erklärte ich also.

Aphrodite war verwirrt. »Psyche? Und was hat das mit deinem Vater zu tun?«

Ich stöhnte. Dafür, dass sie die Göttin der Liebe war, war sie erstaunlich ignorant Ehepaaren gegenüber. Natürlich könnte es auch daran liegen, dass sie Mama nie gemocht hatte. Ich fischte den Zettel von vorhin aus dem Ordner und hielt ihn ihr hin.

»Liebeskummer?«, fragte Aphrodite. Und dann schien sie es zu verstehen. »Das ist doch ungeheuerlich! Dein Vater ist ein Liebesgott, beim Olymp noch mal. Da sollte er nun wirklich nicht so etwas Banales wie Liebeskummer haben, schon gar nicht wegen einer Menschenfrau, die er nie hätte heiraten sollen!«

»Lieb, wie du über meine Mutter sprichst.«

Aphrodite ignorierte meinen Einwurf und marschierte aus dem Zimmer. »Wegen so etwas darf er sich ganz sicher nicht vor seinen Pflichten drücken! Die Menschen müssen sich verlieben, und das ist nun mal seine Arbeit.«

Tja, es war wohl schon etwas dran an der Aussage, dass man Privates und Geschäftliches niemals vermischen sollte. Blöd nur, wenn man ein Liebesgott war.

Eine Idee schoss mir durch den Kopf. Paps wollte sich zwar

nicht für mich bei Aphrodite einsetzen, aber vielleicht konnte ich sie selbst überzeugen. Immerhin war sie ja ehrlich verzweifelt, jetzt, da die Liebeswelt sich der Apokalypse näherte. So eine Chance kam nie wieder.

»Dann lass mich meine Ausbildung beginnen!«, schlug ich vor und versuchte lässig zu klingen, obwohl mein Herz so doll schlug, dass mein ganzer Körper zitterte.

Aphrodite fuhr herum und sah mich so fassungslos an wie Paps. Sie war definitiv seine Mutter. Auch Bussi hob neugierig den Kopf – dieses Schauspiel wollte er sich nicht entgehen lassen.

»Was?«, fragte die Göttin.

»Ja. Das ist doch besser, als das Aussterben der Menschheit zu riskieren«, versuchte ich sie mit ihrer eigenen Furcht zu überzeugen.

Doch während mein Vater wenigstens noch argumentiert hatte, lachte Aphrodite nur. Und auch fieses Göttinnenlachen war extrakrass. »Sei nicht albern, Valentina, du bist noch nicht so weit. So schlimm ist die Situation nun auch wieder nicht.«

Sie stolzierte aus der Tür.

Ihre Worte fühlten sich an, als hätte mich ein Pfeil mitten ins Herz getroffen. Aber nicht einer, der Liebe brachte, sondern so einer mit fiesen spitzen Widerhaken, die sich schmerzhaft durch die ganze Brust bohrten. So wenig vertraute sie mir also? Ich war eine schlechtere Option als der Weltuntergang?

Das konnte ich nun wirklich nicht auf mir sitzen lassen! Ich sprang auf und rannte ihr hinterher. »Gib mir wenigstens eine Chance, mich zu beweisen!« Auch Bussi folgte uns.

Aphrodite schritt den Gang entlang und drehte sich nicht mal zu mir um. Sie hatte es so eilig, dass sie beinahe mit Eugene zusammenstieß, der einen leeren Becher Eiscreme davontrug. Die Amorette verlor den Becher und flitzte in die andere Richtung davon.

»Hat die Amorette«, Aphrodites Blick glitt zu Boden, »einen leeren Eisbecher getragen?«

Schon stürzte Bussi sich auf die Reste, als würde sein Magen nicht bereits zu achtzig Prozent aus Eiscreme bestehen. Aphrodite konnte sich nicht mal mehr darüber aufregen. Immerhin wusste auch sie, dass Eiscreme schlimmen menschlichen Liebeskummer bedeutete. Und dass die Amoretten definitiv andere Aufgaben erledigen sollten.

»Valentina!« Der markerschütternde Schrei meines Vaters lenkte unsere Aufmerksamkeit von dem Eis weg. »Valentina, wo bist du?« Das Schlappen von Pantoffeln kam näher. Aphrodite und ich tauschten einen fragenden Blick.

Paps bog um die Ecke, ein Handy in der Hand. Im Gegensatz zu Aphrodite konnte er mit neuer Technik umgehen. Noch immer trug er den pinken Bademantel, und seine Haare waren noch zerstrubbelter als vorher. Er war so aufgebracht, dass er seine Mutter neben mir gar nicht bemerkte. Und das war bei Aphrodite schon eine ganz schöne Leistung.

»Wusstest du, dass deine Mutter bei deiner Schwester ist? Das habe ich gerade von Hermes erfahren. Ich habe dieses Kind eigenhändig Tausende von Jahren aufgezogen, und jetzt hat Hedi nicht einmal den Anstand, mir das selbst mitzuteilen!«

Nein, das hatte ich tatsächlich nicht gewusst. Hedone, Göttin der Wollust, war meine wesentlich ältere Schwester.

Wir haben nicht besonders viel Kontakt. Klar, wenn man eine halbe Ewigkeit ein Einzelkind gewesen war, wollte man Mami und Papi nur ungern teilen. Dass sie sich mit Mama jetzt gegen Paps verbündete, passte irgendwie zu Hedi.

Aphrodite räusperte sich, und Paps sah auf. Die Farbe wich ihm aus dem Gesicht.

»Mutter«, stammelte er. Sein Blick glitt zu dem Eisbecher auf dem Boden, in dem Bussis Kopf steckte. »Es ist nicht so schlimm, wie es aussieht.«

Doch Aphrodites Miene nach zu urteilen, hielt sie es noch für viel schlimmer, als es aussah. Langsam drehte sie sich zu mir um, ihre Augen vor Entsetzen geweitet. Und wenn eine Göttin – vor allem diese Göttin – entsetzt war, dann war die Welt wirklich kurz vorm Untergehen.

»Eine Chance!«, zischte sie. »Du kriegst genau eine Möglichkeit, um mir zu beweisen, dass du so weit bist. Du wirst einer Person zur Liebe verhelfen, die ich bestimme. Alles klar? Und wehe, ich bereue das!«

Kapitel 4

TEENAGE DREAM

Das Gebäude war groß, kastenförmig, grau, hatte viele dicht aneinandergereihte Fenster über mehrere Stockwerke und war sicher schon bei der Erbauung nicht mehr modern gewesen. Na gut, es war kein Palast im Olymp oder eine Villa in Hollywood, nicht mal ein Luxusdampfer auf dem Ozean, der ein Problem mit Eisbergen hatte. Aber in diesem Moment war es der beste Ort der Welt. Über meiner Schulter hing neben einem Rucksack auch mein eigener herzförmiger roter Bogen und ein Köcher mit zwei Pfeilen, deren Spitzen ebenfalls herzförmig waren. Dieses Gefühl allein war schon fantastisch.

Ich sog tief die Luft ein. Sie roch verheißungsvoll und nach Tatendrang. Und ein bisschen nach viel zu süßem Blümchendeo.

Bussi setzte sich auf meine Schulter. »Eine Schule? Aphrodite hat dich an eine Schule geschickt?«

»Ja, großartig, oder?«

Zugegeben, zuerst war ich auch ein wenig verwirrt gewesen. Viel lieber hätte ich mich doch um das Liebeschaos einer Journalismusstudentin mit To-go-Kaffeebecher gekümmert, die heimlich in den reichen Typen mit dem dunklen Geheimnis aus ihrem Philosophiekurs verliebt ist. Oder um den verkorksten nerdigen Softwareentwickler, der schon lange auf die Frau aus der Nachbarwohnung steht. Und der vielleicht Superkräfte hat.

Aber Aphrodites Argumente hatten Sinn ergeben. Zum einen war ich genauso alt wie die Teenager hier und würde somit leichter an sie herankommen – für den Anfang unerlässlich. Und zum anderen war das hier ein guter Test, meinte sie. Denn wenn ich Teenagern helfen konnte, die sich gerade zum allerersten Mal verliebten, dann würde ich die Ausbildung easy meistern.

Ich seufzte. Die allererste Liebe. Das allererste Mal heftigstes Herzklopfen. Und ich durfte dafür sorgen.

Bussi war nicht ganz so euphorisch.

»Ich weiß ja nicht, ob ich das hier aushalte. Teenager sind so laut.«

»Ich bin auch ein Teenager.«

»Ganz genau.«

Ich warf Bussi einen bösen Blick zu, wobei ich wieder meine göttliche Augenbraue anstrengte. Bussi erwiderte den Blick. Dafür, dass Möwen gar keine Augenbrauen haben, war sein Ausdruck erstaunlich eindrucksvoll. Menno!

Schnell wandte ich mich ab. »Ach, so schlimm wird es nicht. Die besten Romanzen entstehen immer an Schulen.« Ich grinste verschwörerisch. »Außerdem haben Teenager immer Pausenbrote.«

Wie der Blitz schoss Bussi auf den Eingang der Schule zu. »Worauf wartest du dann noch, wir müssen da rein. Pausenbroooteeee!«

Ich lachte, strich noch einmal über den Bogen auf meinem Rücken, dann betrat ich ebenfalls das Gebäude.

Die Eingangshalle war voller Jugendlicher, die auf Bänken oder der Treppe saßen, in Grüppchen zusammenstanden oder lässig an Wänden lehnten. Sie quatschten, hörten Musik oder guckten Videos auf dem Smartphone. Ein paar machten noch hektisch Hausaufgaben, und fast alle zuppelten irgendwie an ihren Klamotten und ihren Haaren herum. Niemand bemerkte mich. Was großartig war, so konnte ich sie ungehindert anstarren und mir alles an ihnen einprägen, ohne seltsam zu wirken. Ich hatte noch nie so viele Menschenjugendliche auf einem Haufen gesehen.

Ein Schulkiosk verkaufte Brötchen, und genau dort hatte Bussi es sich bequem gemacht. Dass er hier so unbescholten herumhüpfen konnte, hatte einen göttlichen Grund: Unsichtbarkeit. Eine Fähigkeit, die Götter und Göttinnen schon vor geraumer Zeit für sich entdeckt hatten, um unerkannt ihrer Arbeit nachgehen zu können. Immerhin wäre es doch sehr bedenklich, wenn alle Amor sehen würden, wie er mit Pfeilen auf Leute schießt. Dementsprechend waren der Bogen auf meinem Rücken und die Pfeile ebenfalls unsichtbar, und in meinem Rucksack befand sich für Notfälle eine Toga, mit der man mich auch nicht mehr sehen konnte. Zum Glück, denn die Toga war so uncool und hässlich, dass mich die anderen Teenies wohl auslachen würden. Aphrodite war zwar die Göttin der Schönheit, verstand aber nichts von Mode. Da waren mir meine Sneaker viel lieber, die mir Hermes zum Geburtstag geschenkt hatte. Die konnten auf Kommando kleine Flügelchen ausfahren, was sicherlich noch nützlich sein würde. Leider hatte ich nicht Paps' göttliche Fähigkeit geerbt, sich einfach Flügel wachsen zu lassen. Da kam ich eher nach meiner menschlichen Mutter. Hermes war der Götterbote und sauste in Windeseile zwischen Erde, Unterwelt und Olymp hin und her. Und er war immer up to date. Egal ob bei Tratsch oder Trends.

Bussi blinzelte den Kioskverkäufer durch das Verkaufsfenster verliebt an. »Was machst du da?«, zischte ich in der Hoffnung, dass niemand merkte, wie ich mit einer unsichtbaren Möwe sprach.

»Irgendwann wird etwas herunterfallen«, sagte er. »Und dann werde ich da sein.«

Natürlich. Was sonst?

Bussi drehte sich zu mir. »Hast du deine Zielperson schon entdeckt?«

»Nö.«

Ich zog ein Foto aus der Tasche, das Aphrodite mir gegeben hatte. Es zeigte einen Jungen etwa in meinem Alter. Eine Brille auf der Nase, Sommersprossen, braune Haare mit einem Stich Kupfer. Ein unfassbar bezauberndes Lachen. Darunter der Name: Philemon.

Ich sah mich um. Brillen gab es viele, Sommersprossen auch, und bezaubernd lachen taten ausnahmslos alle.

»Er muss hier irgendwo sein«, murmelte ich. »Vielleicht – OH GÖTTER!«, entfuhr es mir so laut, dass ein paar umstehende Jugendliche sich zu mir umdrehten. Doch das war mir egal, denn vor meinen Augen hatte sich gerade das Großartigste, Wundervollste, Zauberhafteste ereignet, was ich jemals gesehen hatte. Nicht weit von mir saßen zwei Jugendliche auf der Bank, ein Junge und ein Mädchen, ganz eng zusammen, die Köpfe aneinandergelehnt und die Hände verschlungen. Und ich hatte die Ehre gehabt zu sehen, wie sie sich zueinandergedreht und sich *geküsst* hatten. Licht und Wärme durchströmten meinen Körper, und alles kribbelte. Ein mächtiges Gefühl breitete sich in mir aus und nahm mich ganz ein. Das Gefühl, das man bekam, wenn Liebe in der Luft lag, und das nur Liebesgottheiten spüren konnten.

»Hast du das gesehen?«, quietschte ich Bussi zu, so hoch, dass nur eine Möwe mich verstehen konnte.

Geradezu gelangweilt drehte er den Kopf in die Richtung, in die ich mit zitterndem Finger zeigte. »Das Pärchen?«

»Jaaaaaaa! Oh Götter, ist das nicht das Süßeste, was du jemals gesehen hast?«

Bussi guckte noch ein paar Sekunden und machte schließlich »Meh«, was nun wirklich eine absolut unzureichende Reaktion auf dieses Wunder war, das sich uns bot.

Ich konnte nicht aufhören, das Pärchen anzustarren – bis mich erneut dieses Liebesgefühl traf, diesmal ausgehend von zwei Jungen, die direkt vor mir schüchtern Händchen haltend vorbeiliefen und sich so hingerissen ansahen, dass mein Herz schmolz wie das Himbeereis auf meinem Teppich. Und da, noch ein Pärchen! Und noch eins! Ich ließ den Blick genauer durch die Halle wandern, und jetzt sah ich sie plötzlich überall. Teenager, die sich aneinanderlehnten, umarmten, küssten, Händchen hielten und generell ganz, ganz verliebt waren. Das war ja kaum auszuhalten. Hier war ein ganzes Nest. So viele Verliebte! Das Grinsen auf meinem Gesicht musste mittlerweile bis zu meinen Ohren gehen. Ich knetete in meinen Haaren herum, bis es wehtat, weil ich sonst die pure Freude nicht ausgehalten hätte, ohne zu explodieren. Das Liebesgefühl war überwältigend, und hatte ich eben noch zuordnen können, von wem es ausging, war das jetzt unmöglich. Viel zu viele verliebte Menschen in einem Raum. Fühlte Paps sich auch immer so, wenn er auf der Erde unterwegs war?

»Wie kann etwas besser sein als das hier, Bussi? Alles ist wie im Film, nur in echt.« Ich merkte, wie mir die Tränen die Wangen hinunterliefen, weil mein Körper keinen anderen Weg fand, um die Freude zu kompensieren. »Ich liebe Liebe so, so sehr!«

Bussi hob den Kopf. »Oh, sorry, habe nicht zugehört.« Er pickte ein paar Krümel auf, die von einem Croissant auf den Boden gefallen waren. »Köstlich.«

Schlagartig brachte mich das in die Wirklichkeit zurück. »Für das Begleittier einer Liebesgöttin bist du wirklich sehr unromantisch.«

Bussi zuckte mit den Flügeln. »Ich setze nur andere Prioritäten. Nicht meine Schuld, dass ihr Liebesgottheiten immer gleich vor Freude durchdreht, wenn jemand knutscht.«

Ich ließ noch einmal den Blick über die Verliebten gleiten. Hier war bereits eine andere Liebesgottheit am Werk gewesen. Und jetzt, wo ich genau hinsah, erkannte ich noch etwas anderes. Ein kleines Flirren in der Luft zwischen den Verliebten, ein schmales Seil, das sie verband und von einer Brust zur anderen ging, dort, wo sie einst der Liebespfeil getroffen hatte. Das Liebesband. Ich konzentrierte mich darauf und konnte die Verbindung tatsächlich deutlicher sehen. Zwischen dem Pärchen auf der Bank spannte sich ein zartrosa Band. Ich erkannte die Handschrift, es war die einer Amorette, auch wenn ich nicht genau wusste, welcher. Noch weitere Teenager hatten ein ähnliches Band, doch bei einigen unterschied es sich durch Nuancen. Jede Liebesgottheit hatte eine ganz persönliche Handschrift, wenn es ums Verlieben ging. Bald würde hier auch ein Paar mit meiner Handschrift sitzen. Wie sie wohl aussehen würde?

Ich musste diesen Philemon finden und auch ihm eine Liebe bescheren, mit meiner eigenen Handschrift, damit ich danach für immer und ewig von Verliebten umgeben war. Schnell schnappte ich mir Bussi und rannte in einen der Gänge. »Komm, wir haben eine Mission zu erfüllen.«

»Hey, meine Krümel!«, protestierte er, doch das war mir egal. Liebe war jetzt wichtiger.

Kapitel 5

YOU'RE THE ONE THAT I WANT

Wie von einer Horde Zentauren verfolgt, rannte ich durch die Gänge. Irgendwo musste dieser Philemon sein. Die erste Stunde fing schon bald an, und langsam fragte ich mich, ob Aphrodite sich vielleicht in der Schule geirrt hatte und er gar nicht hierher ging. Das sähe ihr ähnlich.

Als ich im hinteren Teil des Gebäudes ankam, war ich kurz davor aufzugeben, da öffnete sich eine Tür neben mir. Ein paar Jungen und Mädchen traten ein, und ich erhaschte einen Blick auf einen weiteren Schulhof. Vielleicht hatte Philemon sich ja dort versteckt? Einen Versuch war es wert. Ich stürmte aus der Tür – und da war er. Unter einem Baum mitten im verlassenen Hof. Kupferhaare, Brille, Kopfhörer in den Ohren, ein Buch in der Hand. Ganz allein. Unverkennbar der

Junge vom Foto. Ich seufzte. Anscheinend gehörte er zu der Fraktion, die gerne Zeit allein in der Schule verbrachte. Das war an sich total in Ordnung – nur machte es das mit der Liebe natürlich schwieriger. Gut, dass ich jetzt da war.

»Auf geht's, Bussi!«, rief ich und zog mir den Bogen von der Schulter – so energisch, dass mir erst einmal die Pfeile zu Boden fielen. Peinlich. Hoffentlich hatte das niemand mitbekommen. Denn auch wenn sie unsichtbar waren, musste das ganz schön dämlich ausgesehen haben.

Schnell klaubte ich die Pfeile auf und legte den ersten ein. Bussi betrachtete mich skeptisch. »Was machst du denn da?«

»Na, was wohl? Ich verliebe Philemon!«

»Ja ... aber vergisst du da nicht einen kleinen Teil der Aufgabenstellung?«

Ich stockte. Konnte das sein? In meinem Kopf ging ich noch einmal durch, was Aphrodite gesagt hatte. Gar nicht so einfach – denn ich war so aufgeregt gewesen, dass ich nicht richtig zugehört hatte. Also, erstens: Verliebe Philemon mit einer anderen Person und knüpfe ein Liebesband. Zweitens: Verwende dazu die beiden Pfeile. Drittens ... Ich schlug mir vor die Stirn, so doof war ich.

»*Schieße den ersten Pfeil auf die Person, in die Philemon sich verlieben soll, und erst den zweiten auf ihn*«, hatte Aphrodite gesagt. »*Ich weiß, wie impulsiv du bist, Valentina. Doch es ist wichtig, dass du deine Zielperson zunächst kennenlernst und eine passende Person zum Verlieben findest, bevor du den ersten Pfeil anlegst.*« Ich begriff, warum Aphrodite mir diese Regel auferlegt hatte. Und das zu Recht – ich hatte es beinahe schon in den ersten Minuten vermasselt. Ein Wunder, dass Aphrodite

nicht direkt vor mir erschien und mir den Bogen wieder ab-
nahm. Noch mal peinlich.

»Du hast recht. Danke dir«, gab ich zu.

Bussi grinste eingebildet. »Wenn du mich nicht hättest.«

Da konnte ich nicht mal widersprechen. Ich wollte den
Pfeil aus dem Bogen nehmen – dabei löste er sich allerdings,
schoss durch die Luft und bohrte sich direkt neben Bussi in
die Erde. Entgeistert starrte er mich an.

»Du hast auf mich geschossen!«

»'tschuldigung, war ein Versehen.«

Doch Bussi plusterte sich empört auf. »Ist das der Dank
dafür, dass ich immer deine Reste esse?«

Ich zog den Pfeil aus dem Boden.

»Gerade ausgepackte Kekse sind keine Reste«, murmelte
ich.

Doch Bussi fuhr schon fort: »Ich hätte mich verlieben
können!« Dann kniff er die Augen zusammen. »Oder war
das sogar die ganze Zeit dein Plan?«

»Äh, das ergibt doch überhaupt keinen …«

Bussi ließ mich nicht ausreden. »Mit wem wolltest du
mich verkuppeln?« Er sah sich um. »Etwa mit dieser garsti-
gen Taube da drüben?« Er deutete auf eine Taube in der
Ferne, die ziemlich unbeirrt über den Schulhof taperte. Sie
sah nicht besonders garstig aus. Ich runzelte die Stirn.

»Was hast du gegen Tauben?«

»Ich habe nichts gegen Tauben. Ich habe etwas gegen *diese*
Taube.« Bussi betrachtete sie mit zusammengekniffenen Augen. »Sie führt etwas im Schilde, da bin ich mir sicher.«

Ich verdrehte die Augen, er war mal wieder unnötig theatralisch. »Es ist doch nichts passiert, ich hab dich ja nicht getroffen«, sagte ich, während ich den Bogen verstaute.

Jetzt warf Bussi mir einen tadelnden Blick zu. »Umso schlimmer! Eine Liebesgöttin, die ihre Ziele nicht trifft, ist ganz schön bedenklich.«

Warum war eigentlich ausgerechnet *meine* Möwe so gemein zu mir?

»Vielleicht überleg ich mir das mit der Taube noch mal«, drohte ich. »Und jetzt würde ich gerne endlich meine Arbeit machen und Philemon kennenlernen!«

Bussi schielte zu dem Jungen rüber. »Dann beeil dich besser. Die erste Stunde fängt gleich an.«

Ich seufzte und stiefelte auf Philemon zu.

Direkt vor ihm blieb ich stehen, so, dass ich ihm im Licht stand und er mich bemerken musste. Er tat es nicht. Er war viel zu vertieft in sein Buch, während ihm seine Kopfhörer etwas ins Ohr nudelten. Ganz schön bewundernswert, so eine Konzentration. Oder es war einfach gerade richtig spannend. Ich tippte auf Letzteres, denn ein Lächeln umspielte seine Lippen. Ein schiefes, was auch sonst. Bei diesem Anblick hätte wohl selbst ich weiche Knie gekriegt, wenn ich nicht so professionell wäre. Seine Haare waren verstrubbelt, was echt süß aussah. Er war groß für sein Alter und offensichtlich noch nicht in seine Größe hineingewachsen. Das passierte ja manchmal mit menschlichen Jungen. Da machten sie einen Wachstumsschub und hatten plötzlich all diese viel zu langen, dünnen Gliedmaßen und wussten gar nicht, wohin damit. Philemon war wirklich ein Geschenk – er war perfektes Datingmaterial. Anscheinend hatte Aphrodite es gut mit mir gemeint. Nur sein Shirt verwirrte mich. Darauf stand: »Eat, Sleep, Lasertag«, illustriert mit ein paar lustigen Bildchen.

Ich hatte keinen Plan, was Lasertag war, aber das würde ich schon noch rausfinden. War bestimmt nützlich zum Verkuppeln.

Ich räusperte mich. Nichts. Ich räusperte mich lauter. Wieder nichts. Ich atmete genervt aus, beugte mich runter und nahm ihm einen Kopfhörer aus den Ohren. »Hallo?«

Philemon erschrak und schlug mit dem Arm so heftig um sich, dass er mich volle Kanne ins Gesicht traf.

»Hades im Olymp noch mal!«, fluchte ich und rieb mir meine schmerzende Nase.

Philemon sah mich entsetzt an und nahm den anderen Kopfhörer heraus. »Es tut mir so leid, das wollte ich nicht! Ich hab dich überhaupt nicht bemerkt.«

»Das hab ich mitgekriegt«, näselte ich. Na toll, zu Verliebender zertrümmert Liebesgöttin die Nase. Das hatte wohl noch niemand in der Göttergeschichte geschafft.

»Geht's dir gut?« Schon war Philemon neben mir und versuchte meine Nase zu betatschen. »Kann ich dir helfen?«

Lieb und hilfsbereit war er auch. Noch ein Haken auf meiner mentalen Perfektheitsliste. Ich zog mein Gesicht weg und ließ meine Nase los, sie pochte schon etwas weniger. »Geht schon, danke.« Sie war zum Glück nicht gebrochen. Wenn ich Großonkel Apollo, der unter anderem Gott der Heilkunst war, das hier erzählen müsste, würde er sich vor Lachen nicht mehr einkriegen. So wie Bussi, der auf dem Boden lag und sich kringelte. Schönen Dank auch.

43

»Okay.« Philemon wirkte etwas verloren. Dann steckte er die Hände in die Taschen. »Was wolltest du denn von mir? Und, äh, wer bist du überhaupt?«

Ihn verlieben wollte ich. Aber das konnte ich ja nicht sagen. »Ich bin Valentina. Und ich wollte natürlich mit dir reden.«

»Aha«, machte Philemon. »Und warum?«

Jetzt war Fingerspitzengefühl gefragt.

»Ich bin neu an der Schule und kenne noch keinen. Und da dachte ich, ich spreche dich mal an, weil du allein hier gesessen hast.« Ich lächelte. »Und du siehst nett aus.« Ehrliche Komplimente halfen ja meistens, eine Verbindung aufzubauen.

Es wirkte. Philemon lächelte ebenfalls. »Ah, okay. Cool!« Er reichte mir die Hand. »Ich bin Philemon.«

Ich verkniff mir ein »Ich weiß« und schüttelte die Hand. Sehr förmlich, aber das passte irgendwie zu ihm.

Er zeigte auf sein Handy. »Stehst du auf Podcasts? Ich hab gerade einen über True Crime gehört. Total spannend, geht um ein echt krasses Verbrechen, ich hab das gleichzeitig auch in dem Buch nachgelesen ...«

Er begann mir den Fall haarklein zu erzählen und mit jedem Wort, das er sagte, musste ich mehr grinsen. Nicht weil mich der Podcast interessierte, das klang ehrlich gesagt ganz schön gruselig, sondern weil seine Augen so unfassbar begeistert dabei leuchteten. Er liebte diesen Podcast und dieses Krimizeug. Die Person, in die ich ihn verlieben würde, musste unbedingt diese Begeisterung mit ihm teilen, beschloss ich. Ich würde zwei Nerds verkuppeln. Wie doppelt aufregend!

Bussi dagegen wurde es wohl zu langweilig, und er flog vom Hof, vermutlich, um irgendwo jemandem das Pausenbrot zu klauen. Banause.

»Oh, entschuldige!«, sagte Philemon plötzlich. »Jetzt habe ich dir alles verraten, vielleicht wolltest du es ja auch noch hören.« Er lächelte verschmitzt. Und da bekam ich tatsächlich kurz Butterknie. Schnell rief ich mich zur Ordnung. Nein, Valentina! Nicht *du* sollst dich hier um den Finger wickeln lassen. Hades, der Junge war gut!

»Ach, kein Problem«, sagte ich schnell und ging meine Checkliste im Kopf durch, was ich noch alles über Philemon wissen müsste, um ihn erfolgreich zu verkuppeln. Weit oben stand die Frage, ob er jemanden gut fand. »Was machst du denn noch so?«, versuchte ich die Unterhaltung in die richtige Richtung zu lenken. »Außer Podcasts hören und lesen?«

Philemon grinste und deutete auf sein Shirt. »Ich spiele gern Lasertag!«

»Und machst du das mit deinen Freunden?«

Er zuckte mit den Schultern. »Ja, schon.«

»Super! Und wer sind die?«

Er runzelte die Stirn. »Äh … meine Freunde?«

»Ja, genau. Mädchen oder Jungs oder so?«

»Äh, ja?«

Die Antwort half mir nun gar nicht weiter. Ich schielte zur Uhr. Mir lief die Zeit davon. Jetzt war Direktheit angesagt.

»Ist ja auch nicht so wichtig. Wen magst du eigentlich lieber, Mädchen, Jungs, nichtbinär? Oder egal?«

»Wie?« Da war ein nervöses Zittern in seiner Stimme.

Ich gab mich lässig. »Na, auf was stehst du?«

»Mädchen, glaub ich.« Würde er etwa rot? Wie süß!

»Super! Ein bestimmtes Mädchen?«

»Was?« Philemon starrte mich entgeistert an. Seine Wangen waren jetzt definitiv knallkirschrot.

In dieser Sekunde erklang das erste Schulklingeln.

Philemon griff sich seinen Rucksack. »Ich muss zum Unterricht.«

Boah, was für ein mieses Timing. Aber ich durfte jetzt nicht aufgeben. »Prima, ich komm mit!«

Kapitel 6

I WANT IT THAT WAY

Philemon hetzte durch die Gänge und ich hinterher.
»Warte doch!«, rief ich. »Was für Mädchen magst du?«

Wenn schon kein Name, dann wenigstens eine Richtung. Er ging schneller. Versuchte er etwa, vor mir wegzulaufen? Das konnte ich nicht zulassen. Ich musste eine Liebesgöttin werden, da durfte mich nicht aufhalten, dass einem Jungen meine Fragen peinlich waren. Außerdem ging es doch um seine Liebe, Götter noch mal! Ich wollte ihm doch helfen!

Die verschiedenen Schüler und Schülerinnen strömten zu den Klassenzimmern. Wir passierten eine Gruppe von Mädchen, die vor einem Raum zusammenstanden. Eins mit erdbeerblondem und perfekt lockig gestyltem Pferde-schwanz winkte Philemon zu – und er winkte zurück. Ich blieb stehen, während Philemon weiterlief. Die beiden kannten sich! Das war ein erster Anhaltspunkt, genau, was ich brauchte.

»Du kennst Philemon?«, fragte ich sie. Sie musterte mich, als wären mir gerade fünf neue Arme gewachsen.

»Äh … ja?« Perfekt. Vielleicht konnte dieses Mädchen ja Philemons Angebetete werden? Auf den ersten Blick sah sie zwar nicht wie ein Podcast hörender Nerd aus, sondern eher wie eine von den Beliebten, aber das konnte täuschen. Sie merkte ich mir schon mal! Aber bevor ich sie ausfragen konnte, musste ich Philemon wieder einholen, der ver-schwand nämlich gerade in einem Klassenzimmer.

»Philemon, warte!« Im Unterricht konnte er mir wenigs-tens nicht mehr weglaufen. Ich hechtete hinterher – als mir plötzlich eine Frau den Weg versperrte.

»Bist du Valentina?«

Ich starrte sie an. »Ja?«

»Wie schön! Ich hab dich schon überall gesucht. Du hast dich ja gar nicht im Sekretariat gemeldet. Ich bin deine neue Klassenlehrerin, Frau Ringwelski. Dein Klassenraum ist gleich hier.«

Zu meinem Entsetzen schob sie mich in die andere Rich-tung, weg von Philemon, mit einer Vehemenz, die nur Lehre-rinnen und Göttinnen an den Tag legen konnten.

»Halt, Moment, ich muss in die Klasse da vorne!«, rief ich und deutete auf den Raum, in dem Philemon verschwunden war.

Frau Ringwelski runzelte die Stirn und schüttelte den Kopf. »Nein, nein, das ist die Jahrgangsstufe über dir. Du bist bei mir.«

Das durfte doch nicht wahr sein! Aphrodite hatte gesagt, sie werde sich darum kümmern, dass ich an der Schule angemeldet würde. Anscheinend hatte sie mich versehentlich in eine andere Klasse gesteckt als Philemon.

»Aber ...«, stammelte ich, als sich die Tür von Philemons Klassenzimmer schloss.

»Hier sind alle ganz nett«, versicherte mir Frau Ringwelski. Sie schloss den Raum auf, und die Jugendlichen strömten hinein. Das Mädchen, das Philemon gegrüßt hatte, musterte mich dabei abschätzig. Ich atmete tief durch. Kein Grund zur Sorge. Ich würde schon an mein Ziel kommen. Vielleicht war das hier gar nicht schlimm. Immerhin konnte ich so erst mal dem Mädchen näherkommen, in das Philemon sich verlieben könnte. Und das war sogar noch besser.

Kapitel 7

LOVE IS ALL AROUND

Das erdbeerblonde Mädchen steuerte auf einen Platz in der letzten Reihe zu. Das überzeugte mich endgültig davon, dass sie eine von den Coolen war. Die saßen immer in der letzten Reihe. Schnell folgte ich ihr und setzte mich neben sie. Frau Ringwelski packte eh noch ihre Sachen aus, da konnte ich vor Unterrichtsbeginn noch mit meiner Mission beginnen.

»Hallo«, sagte ich. Wow, wenn ich gedacht hatte, ihr Blick sei vorhin schon verstört gewesen, war sie jetzt wirklich jenseits von Gut und Böse.

»Äh, kann ich dir helfen?«

Super, offenbar war sie jetzt schon genervt von mir. Egal, ich musste sie kennenlernen, und mit Vorsicht gewinnt man nichts im Leben. Ich musste nur so cool wie möglich wirken. In den Highschoolfilmen gaben sich die Beliebten niemals mit Leuten ab, die sie seltsam fanden. »Ich bin Valentina und du?«

»Desirée.«

»Ohhh, voll der schöne Name!« Das meinte ich sogar ernst.

Sie zuckte mit den Schultern. »Ist halt ein Name.«

Sie wandte sich ab, das Gespräch war für sie wohl beendet. Aber so leicht gab ich nicht auf! Am besten sprach ich das an, was ich von ihr wusste. Im Versuch, besonders lässig zu sein, stützte ich mich auf meinen Unterarm. »Du kennst Philemon also schon lange, was?«

Desirée verdrehte genervt die Augen, als hätte ich eine wirklich dumme Frage gestellt. »Ja, mein ganzes Leben.«

Oh, das wurde ja immer besser. Wenn sie sich schon so lange kannten, mochte sie ihn bestimmt, samt Nerdigkeit und allem. Vielleicht war sie eben doch ein Nerd. Aber in cool! Und dann wäre es wie die Handlung eines richtig guten schnulzigen Films. Sie war perfekt. Aber bevor ich sie über ihre Podcastvorlieben ausfragte und darüber, wie sie dieses Lasertag fand, musste ich erst mal die Grundlagen klären. Sonst konnte ich hier gleich aufhören (siehst du, Oma, ich bin gar nicht immer impulsiv!). »Hast du eigentlich einen Freund, Desirée? Oder eine Freundin?«

Desirée zuckte zusammen, und irgendwas passierte mit ihrem Gesicht. Es schien eine Spur trauriger zu werden, zumindest aber abweisender. Ihr Ton war auf jeden Fall eiskalt.

»Nein«, zischte sie.

Okay. Prima. Der Umstand passte ihr wohl nicht. Wie gut für mich!

Jetzt nur noch das mit den Hobbies abklären. Und im Anschluss würde ich ihr helfen, so richtig mit Philemon zusammenzukommen. Und ihr sagen, dass ich das pfeilschnell »arrangieren« könne. Doch da traf mich eine ganz geballte Ladung Verliebtheit, als eine ihrer Freundinnen auftauchte und Desirée ein Handy ins Gesicht hielt.

»Guck mal, was für ein süßes Foto Dominik mir geschickt hat!« Auf dem Foto war ein Junge, der mit den Händen ein Herz formte. Es war wirklich unfassbar süß. Desirée schien das allerdings anders zu sehen. Sie betrachtete das Bild mit diesem seltsam gequälten Ausdruck, den sie eben bei meiner Frage nach ihrem Beziehungsstatus aufgesetzt hatte. Da beugte sich eine andere Freundin rüber, und ihre Liebesgefühle mischten sich mit denen des ersten Mädchens.

»Oh, Lena schickt mir auch immer solche süßen Sachen! Und immer was mit Erdbeeren. Weil wir bei unserem ersten Date Erdbeeren gegessen haben.«

Ich hielt es nicht mehr aus. »Oh, wie romantisch ist das denn?«

Die beiden Mädchen sahen mich an, als würden sie mich jetzt erst bemerken.

»Wer bist du denn?«, fragte Lenas Freundin.

»Und warum sitzt du auf meinem Platz?«, wollte Dominiks Freundin wissen.

Bevor ich antworten konnte, sagte Desirée: »Das ist Valentina, und sie wollte gerade gehen!« Beim Klang ihrer Stimme wurde es schlagartig fünfzig Grad kälter im Raum. Sie sah mich auffordernd an.

»Was, aber wieso?« Ich sah zwischen den Mädchen hin und her, doch es war schließlich Desirées unerbittlicher Blick, der mich dazu bewog, aufzustehen und nach vorne zu gehen. Irgendetwas hatte ich wohl grundlegend falsch gemacht.

»Die war irgendwie seltsam, oder?«, murmelte Lenas Freundin.

»Total durchgeknallt«, meinte Desirée, laut genug, dass ich es hören konnte. Und das zwiebelte dann schon ein bisschen.

Ich schaute mich nach einem anderen freien Platz um. Alle schielten zu mir, aber wandten sich dann schnell wieder ab. Nun gut. Ich war ja nicht hier, um mich mit ihnen anzufreunden. Mein einziges Interesse galt Philemon und seiner zukünftigen großen ersten Liebe.

Frau Ringwelski war jetzt fertig mit Vorbereiten und stellte sich neben mich. »Hört mal zu, Klasse. Das ist Valentina Amor, eure neue Mitschülerin.«

Wirklich? Aphrodite hatte mir als Nachnamen den Namen meines Vaters gegeben? War ihr nichts Besseres eingefallen? Ich meine, ich verstand, dass Menschen einen Nachnamen brauchten und Göttinnen keinen hatten. Aber das war nun wirklich unkreativ. Da hätte sie lieber mal Apollo fragen können. Der war nämlich auch Gott der Künste. Dem wären sicher fünf Millionen Nachnamen eingefallen.

Die Klasse betrachtete mich teils desinteressiert, teils neugierig.

»Setz dich doch am besten neben Leila«, sagte Frau Ringwelski und zeigte auf den Platz neben einem Mädchen, das in sein Heft malte und als Einzige noch nicht aufgeguckt hatte. Natürlich in der ersten Reihe, maximal weit weg von Desirée.

Leilas dicker schwarzer Zopf hing ihr über die Schulter, und an ihren Ohren baumelten Ohrringe, die aussahen wie echte getrocknete Blätter.

»Hi«, sagte ich, als ich mich hinsetzte.

»Hi«, sagte Leila und kritzelte einfach weiter. Nicht mal ein bisschen Augenkontakt nahm sie auf.

Frau Ringwelski bat uns, Bücher hervorzuholen. Irgendwas mit Mathematik.

Leila schob ihr Heft zur Seite und zog ein Buch hervor. Dabei hatte ich die Chance, auf ihre Malereien zu spähen. Oh, *wow*! Neben sehr akkuraten Skizzen von allerlei Pflanzen schmückten Herzen und Kusszeichnungen die Seite. In den Herzen waren Initialen, die aber so krakelig waren, dass ich sie nicht richtig entziffern konnte. Ich erkannte ein »L« für Leila, aber der andere Buchstabe … Ein T? Ein P? Oder doch ein D? Dafür, dass sie hübsch zeichnen konnte, hatte sie eine ziemliche Sauklaue. Ich konzentrierte mich. Nein, kein Liebesband bei Leila zu sehen, einen Pfeil hatte sie also noch nicht abgekriegt. Sie war also verguckt, aber noch nicht verkuppelt oder gar verliebt, wenn ich das richtig einschätzte. Ich versuchte zu spüren, ob von ihr zumindest ein wenig Liebesgefühl ausging. Denn auch Leute, die noch nicht von einem Pfeil getroffen worden waren, sandten in solchen Fällen ein schwaches Gefühl der Liebe aus. Doch unter all den überwältigenden Liebesgefühlen der anderen Jugendlichen im Raum war nichts zu spüren. Zumindest für mich jetzt gerade nicht. Paps hätte es sicher gekonnt, aber der war ja auch schon seit einer Ewigkeit ein Liebesgott.

Also musste ich wohl einfach darauf vertrauen, dass ich die Herzen in ihrem Heft richtig deutete. »Du schwärmst für jemanden?«, fragte ich Leila, als sie das Buch auf den Tisch legte. Sie lief sofort rot an wie eine Kirsche. Eine sehr reife Kirsche. Viel reifer als Philemons Kirschrot. Sie schlug das Heft zu und drückte es an sich.

»Quatsch.«

Hä? Ihre Zeichnungen waren doch eindeutig? »Aber das ist doch ganz klar …«

»Valentina, Leila lässt dich sicher mit in ihr Buch gucken«, unterbrach Frau Ringwelski mich streng. Leila schob das Buch in die Mitte des Tisches, immer noch, ohne mich anzusehen. War es ihr peinlich, dass ich sie auf die Schwärmerei angesprochen hatte? Oder war sie einfach nur extrem schüchtern?

Frau Ringwelski machte mit dem Unterricht weiter. Es ging um den Satz des Pythagoras. Langweilig. Den kannte ich nun echt in- und auswendig, immerhin erzählte Großtante Athene, Göttin der Weisheit, immer wieder bei Familienfesten von Pythagoras. Ich glaube, sie hatte damals einen kleinen Crush auf ihn. Da aber alle fleißig mitschrieben, sogar Desirée, zog ich auch einen Block und Stift hervor. Beides war rosa und herzförmig, denn hey!, ich war Amors Tochter, alles, was nicht herzförmig war, fand keinen Platz in unserem Haus.

Ich tat also so, als würde ich schreiben. Doch die Sache mit Leilas Gekritzel ließ mir keine Ruhe. »Für wen schwärmst du denn? Und ist es gegenseitig?«

Denn dann wäre es nur noch eine Formalität, sie mit einem Pfeil zum Verlieben zu bringen. Warum, zum Hades, hatte Aphrodite mir nur zwei Pfeile mitgegeben?! Sie hätte doch wissen müssen, dass es hier mehrere Leute gab, denen ich helfen konnte. Besonders jetzt, wo Paps streikte. Ich musste Philemon wirklich schnell verlieben, damit ich danach Leila helfen konnte.

Leider ermahnte Frau Ringwelski mich in diesem Moment, dass ich während des Unterrichts nicht quatschen solle, und so starrte ich auf meinen Block und versuchte, vor Neugier nicht zu platzen.

Nach einer Ewigkeit wurden wir vom Klingeln erlöst. Sofort wandte ich mich an Leila.

»Also?«

Leila klappte ihr Buch zu. »Er weiß nicht, dass ich ihn mag. Und das ist auch besser so.«

Mir klappte die Kinnlade herunter. »Was? Warum denn? Das musst du ihm doch sagen!«

Zum ersten Mal sah Leila mich direkt an, offenbar hatte ich sie mit meiner Aussage geradezu erschüttert.

»Bist du verrückt? Auf gar keinen Fall!«

»Warum nicht?«

Leila zögerte. »Er … Weil er mein bester Freund ist. Schon immer. Das macht alles kaputt.«

Ich musste mich echt davon abhalten, vor Begeisterung nicht zu quietschen. »Aber das ist doch noch viel besser!«

Beste Freunde *und* verliebt! Alle Filme, die ich gesehen hatte, zeigten, dass das das Beste vom Besten war.

Leila sah das anscheinend anders, denn sie schüttelte den Kopf und packte ihre Zeichnungen ein. »Nein, das macht alles viel schwerer.«

Was war denn ihr Problem? Ach so. Ja, stimmt, sie war schüchtern. Sie schaute mir ja nicht mal in die Augen. Wie sollte sie da ihrem Schwarm ihre Gefühle gestehen? Doch dabei konnte ich ihr auch ohne Pfeile helfen.

»Erzähl mir einfach, in wen du verliebt bist, und ich sag es ihm. Dann musst du das nicht machen!«

Statt Dankbarkeit schlug mir Wut entgegen.

»Nein!«, schrie sie. Unwillkürlich wich ich etwas zurück. »Wehe, du erzählst das irgendwem!«

»Hä, warum denn nicht? Das ist nichts, wofür man sich schämen muss. Im Gegenteil.«

Ich verstand so langsam, warum Aphrodite gemeint hatte, dass es schwierig sei, sich mit dem Liebesleben von Teenagern auseinanderzusetzen. Was war denn nur mit denen los? Plötzlich kam ein Junge vorbei und lachte.

»Leila ist verliebt? Oha! Ich wusste nicht, dass du auch Gefühle haben kannst.«

Ein anderer Junge war sofort zur Stelle. »Was? Verliebt? In wen denn? Sag schon, Leila!«

Nun schauten auch ein paar andere neugierig herüber.

»Toll, dann kannst du den ja anschweigen!«, rief jemand, gefolgt von Gekicher.

»Bestimmt ist es ein Baum. Leila liebt doch nur Pflanzen.«

»Oh, wie peinlich.«

Leilas Rotton war jetzt eher der einer Brombeere. Ihre Unterlippe bebte, und sie stürmte aus dem Raum. Ich war so fassungslos, dass ich mich gar nicht rühren konnte.

Die Jungs lachten. Einer wandte sich an seinen Kumpel. »Vielleicht ist sie ja in dich verliebt!« Er machte Knutschlaute, und sein Freund schob ihn lachend weg.

»Igitt, never! Geh weg! Doch nicht diese Kräuterhexe!«

Das war der Moment, in dem ich ausrastete: »Sagt mal, macht ihr euch gerade übers Verliebtsein lustig? Was stimmt denn nicht mit euch? Das ist nicht peinlich! Das ist nur schön!«

Die Jungs guckten mich entgeistert an, der eine lachte noch. »Was ist denn mit der?«, murmelte er.

Sein Kumpel zupfte ihn am Shirt. »Komm, wir holen uns was zu futtern.« Die beiden zogen Leine.

»Unfassbar«, murmelte ich und steckte meinen Block in den Rucksack. Da knallte plötzlich jemand seine Hände auf den Tisch, und ich hatte Desirées zornerfüllte Miene vor meiner Nase.

»Sag mal, was war das denn?«

Was hatte ich denn jetzt schon wieder falsch gemacht?

»Was war was? Ich hab Leila verteidigt!«

Desirée zeigte mir einen Vogel.

»Ja klar, ist ja auch nur deine Schuld, dass sich alle über sie lustig machen! Checkst du nichts? Du kannst doch nicht einfach herumschreien, dass sie verliebt ist, und es dann auch noch demjenigen erzählen wollen.«

Warte, mal abgesehen davon, dass Leila ohne Pfeil nur verguckt und nicht verliebt war – das war ihr Problem?

»Ich wollte ihr doch helfen! Weil sie sich selbst nicht traut. Und ich kann ja nicht ahnen, dass diese Blödbolzen Liebe peinlich finden.« Das war ja wohl absolut deren Problem und nicht das von Leila oder mir.

Doch Desirée schüttelte den Kopf. »Halt dich einfach fern von ihr. Und von mir, klar? Wir brauchen keine Freaks.«

Damit ging sie davon. Ich verstand wirklich nichts mehr. Anscheinend hatte ich ein ungeschriebenes Gesetz verletzt und damit gleich zwei Mädchen, die ich zukünftig verlieben wollte, dazu gebracht, mich zu hassen. Und das war absolut und überhaupt gar nicht gut.

Kapitel 8

I'D DO ANYTHING FOR LOVE

Ich ließ mich auf die kleine Mauer auf dem Pausenhof sinken, in meiner Hand ein Brötchen vom Kiosk. Es dauerte keine zehn Sekunden, da war Bussi schon neben mir.

»Isst du das noch?«, fragte er.

Eigentlich hatte ich keinen Hunger. Also warf ich es ihm hin, und voller Freude stürzte er sich darauf.

»Ich verstehe es einfach nicht, Bussi«, sagte ich. »Ich wusste ja, dass Teenager kompliziert sind. Aber doch nicht *so* kompliziert.«

»Na ja, es gibt ja einen Grund, warum Aphrodite meinte, Teenager seien am schwersten zu verlieben. Und vielleicht bist du einfach wirklich noch nicht so weit.«

Ich verschränkte die Arme. »Ach, du glaubst also, dass Aphrodite recht hat?«

Statt mir zu antworten, vergrub Bussi seinen Kopf wieder im Brötchen. Feigling.

Ich seufzte. »Ich weiß einfach nicht, was ich falsch gemacht habe. Ich will ihnen doch nur helfen, und keiner erkennt das. Warum mögen die mich denn nicht?«

Ich konnte nicht verhindern, dass mir Tränen in die Augen schossen. Hades noch mal! Ich war doch nicht hier, um Freunde zu finden. Aber offenbar machte es mir mehr aus als gedacht, dass mich niemand mochte.

In dem Moment brummte mein Handy, also holte ich es hervor. Eine Nachricht in unserer Nachwuchsliebesgottheitengruppe. Alle, die sich darin befanden, waren Liebesgötter in Ausbildung. Der einzige Grund, warum ich geduldet wurde, war schlicht die Tatsache, dass ich Amors Tochter war und die meisten sich mit Paps gutstellen wollten. Immerhin hatten er und Aphrodite das Sagen. Na ja, und der eine oder die andere nutzte die Gruppe auch, um hin und wieder gegen mich zu sticheln, weil ich meine Ausbildung nicht anfangen durfte. Besonders Candy, die es sich zur Aufgabe gemacht hatte, den amerikanischen Valentine's Day zu kommerzialisieren, zerriss sich gerne das Maul darüber. Sie stand kurz vorm Abschluss, und das sollte etwas heißen. Immerhin konnte die Ausbildung von Liebesgottheiten schon mal ein paar Jahrzehnte dauern.

Nicht nur Candy hatte sich bereits eine solche Spezialisierung für ihren Beruf als Liebesgöttin überlegt. Nikolaus zum

Beispiel wollte der Gott des Festes der Liebe werden. Also Weihnachten.

Nur ich war der Freak. Genau wie an dieser Schule. Wenn sowohl die Nachwuchsgötter als auch die menschlichen Teenager das fanden, war es dann die Wahrheit?

Schluss jetzt!

Ich wischte mir die Tränen aus den Augen, um die Nachricht zu lesen. Sie kam von dem Schlimmsten von allen: Star! Ich hatte noch nicht mal auf den Link geklickt, den er geschickt hatte, da kam mir schon der innere Brechreiz.

> Habe für diese Arbeit eine 1+ bekommen

Der Link führte zu einer Pressemeldung: Ein berühmter Popsänger hatte eines seiner Groupies geheiratet. Alle in der Gruppe applaudierten ihm heftig.

Star war so ein Angeber. Er wollte sich auf die Liebe von Fans zu ihren Idolen spezialisieren. Die sozialen Netzwerke waren sein größter Spielplatz. Wenn dann auch noch echte Liebe dabei heraussprang wie in diesem Fall, war das wirklich eine Leistung.

Ich verabscheute ihn.

In der Regel schrieb ich nichts in die Gruppe, weil das nur Fragen nach sich zog, wie es denn bei mir liefe. Ob ich schon eine Spezialisierung für mich gefunden habe. Ob Aphrodite mir endlich eine Chance gebe. Ob meine Bogenschießfähigkeiten schon besser seien. Ob ich beschlossen habe, einfach für immer von Paps' Ruhm zu leben und nicht zu arbeiten. Nur, damit man besser über mich lachen konnte.

Allerdings hatte Star mich in seiner nächsten Nachricht leider direkt erwähnt:

> Genug von mir, habt ihr alle gehört, dass Valentina gerade ihre erste Prüfung absolviert?

Warum musste dieser Götterklatsch nur so furchtbar gut funktionieren? Natürlich wusste Star es als Erstes. Sein Vater war Hermes, und der war ja wie gesagt dafür zuständig, Nachrichten hin- und herzubringen. Besonders Tratsch. Stars große Schwester Palavria war sogar die selbst ernannte Göttin der Gerüchte, aber das war ein anderes Thema. Star wollte zwar, entgegen den Traditionen seiner Familie, lieber ein Liebesgott werden, aber die Vorliebe für Gossip hatte er definitiv geerbt.

Schon kamen die Nachfragen.

> Oh, wie schön. Hast du schon deine ersten Menschen verliebt? Magnifique!

Aimée, die Paris zur Stadt der Liebe gemacht hatte, war immer sehr überschwänglich.

> Hat ja auch lange genug gedauert, bis sie ihre Ausbildung beginnen durfte.

Candy konnte sich mal wieder nichts verkneifen.

Ich musste etwas sagen.

Doch während ich noch überlegte, was ich tippen könnte, schrieb Star schon wieder.

> Oh, das war ein Missverständnis.
> Valentina darf eine Prüfung machen, um
> zu beweisen, dass sie bereit für die
> Ausbildung ist. Die Ausbildung selbst hat
> sie noch nicht begonnen.

Dieser miese, arrogante kleine Besserwisser. Ich hatte gut Lust, ihm in seinen kleinen Influencer-Hintern zu treten, so stark, dass der beste Filter der Welt das nicht mehr retten könnte. Sofort tröpfelten Beileidsbekundungen ein.

> Oh, das musste ich nicht machen.

> Ah, das erklärt alles, hätte mich sonst
> auch gewundert.

> Natürlich bekommt sie wieder das Special
> Treatment.

Unter all den blöden Nachrichten schaltete sich plötzlich Iris ein. Deren Text war in allen Farben des Regenbogens geschrieben und stach deswegen besonders heraus.

> Hallo? Jetzt freut euch doch einfach mal!
> Valentina hat sich das so gewünscht, ist
> doch super, dass sie endlich ihre Chance
> bekommt. You go, girl!

Iris war echt ein Segen. Dey war die Älteste der Nachwuchsliebesgottheiten. Früher hatte dey nur den Regenbogen verantwortet, aber mittlerweile machte Iris eine Art

Fortbildung zur Liebesgottheit. Dey hatte sich als nichtbinär geoutet und war nun die Gottheit der queeren Liebe, der Pride-Paraden und allem, was dazugehörte. Und Teil dieser Community war der gegenseitige Zuspruch, den Iris mit deren ganzem Wesen lebte.

Ermutigt durch die Antwort schrieb ich nun auch etwas:

> Ja, es stimmt. Ich mache eine Art Aufnahmeprüfung. Aber glaubt nicht, dass es dabei bleibt, das ist eine reine Formalität und so gut wie erledigt. Und bald bin ich die beste Liebesgöttin der Welt und verkuppele viel mehr als nur Promis mit Fans.

Bevor irgendwer reagieren konnte, schaltete ich die Gruppe stumm und steckte das Handy weg. Star und den anderen würde ich es schon zeigen. Jetzt musste ich neue Geschütze auffahren. Die Teenager würden schon begreifen, dass sie mich brauchten, und dann würden sie alle vor Verliebtheit und Glück überlaufen. Nicht nur Philemon, sondern auch Leila und Desirée und alle anderen! Aber dafür durfte ich bei meiner ersten Mission jetzt nicht zu wählerisch sein. Es war an der Zeit zu handeln.

»Komm, Bussi. Wir müssen Desirée suchen und sie mit Philemon verkuppeln.«

Kapitel 9

MAKE YOU FEEL MY LOVE

Der Pausenhof war voll mit quatschenden Teenagern. Desirée war nicht schwer zu finden. Sie stand mit ihren Freundinnen zusammen – Elizabeth und Mia hatte Frau Ringwelski sie im Unterricht genannt. Auch weitere Jugendliche hatten sich zu ihnen gesellt. An Elizabeth lehnte ein Mädchen, wahrscheinlich ihre Freundin Lena. Ich konnte mir ein Lächeln nicht verkneifen, als ich sie sah. Sie waren so eine Art unauffälliges Pärchen, ganz dezent verliebt, nur für sich. Wenn man nicht wusste, worauf man achten musste, konnte man meinen, sie seien nur Freundinnen. Aber ich kannte den Unterschied. Das sanfte Streicheln über den Rücken, das reflexartig leicht selige Lächeln, wenn sich ihre Blicke trafen. Ihre Liebesaura pochte rhythmisch, und das zarte rosa Band verlief von Brust zu Brust.

Ich hatte mir vorsichtshalber die unsichtbar machende Toga übergeworfen, somit konnte ich jetzt richtig nah an sie heranschleichen, ohne dass sie mich bemerkten. Ich war bereits in Hörweite, als plötzlich ein Junge Mia von hinten umarmte.

»Dominik!«, quietschte sie seinen Namen verzückt, bevor sie ihn zurückumarmte und abknutschte. Sie waren also eher der Typus des lauten, auffälligen Pärchens. Die, die alle anderen um sich herum vergessen konnten. Ihre Liebesaura erschlug mich geradezu, und ihr Band war so dick und leuchtend, dass ich mich nicht mal doll konzentrieren musste, um es zu sehen. Es trug deutlich Amors Handschrift. Kein Wunder, dass diese Liebe so intensiv war. Alles für sie war aufregend und neu, und sie waren so glücklich, einander zu haben, dass sie sich gar nicht mehr loslassen wollten. Voll schön! Lena und Elizabeth warfen sich belustigte Seitenblicke zu, Desirée dagegen sah aus, als wäre sie am liebsten woanders.

Und wie sie sich so abwandte, bemerkte sie Leila, die sich an ihnen vorbeischlich. »Hey, Leila! Komm doch zu uns!«, rief Desirée.

Leila hielt ertappt inne und zögerte. Ihr war anzumerken, dass sie zu der Gruppe gehen wollte. Doch dann setzten ein Augenrollen und Stöhnen von Desirées Freunden ein.

»Warum denn die?«, zischte ein Mädchen, das ich nicht kannte.

Ich zuckte zusammen. Solche Sätze kannte ich nur zu gut von den anderen Nachwuchsliebesgöttern.

Desirée warf dem Mädchen einen bösen Blick zu, aber zu spät.

Leila huschte weiter. »Nein, ich muss zur Garten-AG.«

»Garten-AG mit nur einem Mitglied«, schnaubte ein Junge.

Desirée ignorierte ihn. »Aber du kommst Samstag zur Lasertagparty, ja?«, rief sie Leila nach.

Lasertag! Das war doch das Ding, das Philemon so mochte!

Leila antwortete nicht.

»Wie, die kommt auch?«, beschwerte Dominik sich.

»Ja, natürlich!«, entgegnete Desirée scharf und sah ihm herausfordernd in die Augen. »Im Gegensatz zu euch, wenn ihr weiter so fies zu ihr seid.«

Ein Gemurmel ging durch die Gruppe, aber dann verstummten sie alle und nickten. Wow. Diese Desirée war der absolute Hammer! Ja, sie hatte mich zurechtgewiesen – aber nur, um Leila zu schützen. Ein bisschen wünschte ich mir, dass sie auch meine Freundin wäre. Aber in erster Linie war sie perfekt für Philemon. Wie toll, dass er sich in so ein Mädchen verlieben würde! Manchmal war die erste Wahl eben doch die beste.

»Du hast ja recht«, sagte Elizabeth. »Aber hast du gehört, dass Leila in einen älteren Jungen verliebt sein soll? Weißt du, in wen? Du kennst sie doch gut.«

Desirée hob die Augenbrauen. »Glaub nicht alles, was du hörst.«

Ich sah zwischen ihren Freunden hin und her. Elizabeth und Lena, die sich an den Händen hielten. Mia und Dominik, die praktisch aufeinanderhockten. Und Desirée als einzige single in dieser Gruppe. Eine nicht einfache Situation. Die ich bald ändern würde.

»Ich gehe mal Philemon suchen, muss eh noch was wegen der Party mit ihm besprechen.«

Na, perfekt! So musste ich sie nicht mühsam zueinanderlocken. Gleich könnte ich zur selben Zeit die Pfeile auf sie abschießen. Dann wäre das Feuer entflammt! Ha, diese Prüfung lief doch wie geschmiert. Heute Abend wäre ich bereits frischgebackene Liebesgöttin in Ausbildung und könnte es Star in sein blödes Gesicht reiben.

Leise schlich ich Desirée hinterher, als sie die Gruppe verließ.

Ich hielt genug Abstand, denn die Toga machte zwar unsichtbar, aber nicht geräuschlos. Oder substanzlos. Ich musste beim Hinterherjagen immer wieder anderen Schülern und Schülerinnen ausweichen, und einmal wurde mir sogar die Tür kurz vor der Nase zugeknallt.

Desirée steuerte zielstrebig durch die Flure und auf den hinteren Pausenhof zu. Und genau da fanden wir Philemon – allein unterm Baum, mit Buch und Podcast. Wie heute früh schon. Auf den Jungen war Verlass. Das wusste Desirée wohl auch.

Wir waren ganz für uns. Beziehungsweise die beiden für sich, denn sie hatten ja keine Ahnung, dass ich da war.

Desirée marschierte auf Philemon zu. Sollte ich sie warnen, dass sie ihm nicht die Kopfhörer aus den Ohren ziehen solle, wenn sie nicht einen potenziellen Nasenbruch riskieren wollte? Aber Desirée löste die Situation anders: Sie setzte sich einfach neben ihn und boxte ihn so heftig auf den Arm, dass er fast umfiel. Sehr schlau! Sie nutzte das schmerzhafte Überraschungsmoment, um ihn zu überrumpeln. Das perfekte Paar.

Philemon rieb sich den Oberarm und nahm die Kopfhörer raus. »Aua, was soll das?«

Als Antwort steckte Desirée sich einen der Kopfhörer ins Ohr. »Oh, wie schön. Zur Abwechslung mal ein Massenmord. Das sind meine liebsten.«

Philemon nahm ihr den Kopfhörer wieder ab. »Weiß ich doch. Hab ihn nur für dich angemacht. Hatte so eine Ahnung, dass du gleich auftauchst und mir die Nerven im Arm totschlägst.«

»Aww, du bist so lieb.«

Meine Götter, die waren so Zucker, dass ich geradezu spürte, wie ich Karies bekam. Sie waren definitiv ein Paar für meine persönliche Hall of Fame. Leider konnte ich auf diese Entfernung nicht so gut spüren, ob zumindest kleine zarte Liebesenergien von ihnen ausgingen, aber das Bild, das sich mir bot, sagte mehr als tausend Worte. Oder Liebesauren. Zeit für etwas Pfeilaction! Ich fummelte den Bogen von meinem Rücken und legte einen Pfeil ein.

Da setzte Bussi sich auf meine Schulter. »Pass bloß auf, dass du nicht die Taube triffst«, sagte er und nickte in Richtung des Piepmatzes, der über die Wiese taperte.

Ich stutzte. »Ist das echt dieselbe von heute Morgen?«

Bussi nickte. »Ich sage dir: Die hat einen Narren an mir gefressen. Ein Pfeil, und die würde über mich herfallen.« Er schüttelte sein Gefieder. »Zu Recht, ich bin göttlich. Und das in mehrfacher Hinsicht.«

In Sachen Einbildung zum Beispiel, aber das verkniff ich mir.

Allerdings hatte Bussi tatsächlich recht, ich durfte nicht danebenschießen. Leider saßen die beiden so doof unter diesem Baum, dass ich nicht richtig rankam. Überall waren Hecken, Büsche und andere Dinge, die mir die perfekte Schussbahn versperrten. Es wurde wohl Zeit, die zweite göttliche Geheimwaffe zu nutzen. Ich schlug die Hacken meiner Schuhe zusammen, und kleine Flügelchen schossen heraus. Sie flatterten flink wie kleine Kolibris und hoben mich in die Luft. Gar nicht so einfach, die Balance zu halten. Ich fing an, wild mit den Armen zu rudern. Gut, dass ich unsichtbar war, das musste echt peinlich aussehen. Nur langsam bekam ich den Dreh raus. Ich hätte das vorher wirklich üben sollen. Wenn Star seine Flügelschuhe benutzte, wirkte das immer so einfach. Was er auch wusste. Dieser Angeber benahm sich jedes Mal wie der Tony Hawk der Lüfte! Pah! Was der konnte, konnte ich ja wohl auch!

Ich surrte auf Philemon und Desirée zu und setzte den Pfeil auf die Sehne. Ganz langsam sank ich auf die richtige Höhe und visierte Desirées Brust an. Bussi flog neben mir und hielt ausnahmsweise mal die Klappe. Desirée bemerkte rein gar nichts, sie erzählte Philemon wild gestikulierend von irgendwelcher Schwarzlichtschminke für die Lasertagparty. Gleich würde sie ihn mit ganz anderen Augen ansehen. Danach musste ich schnell einen zweiten Pfeil einlegen, damit er die Liebe sofort erwiderte. Ich atmete tief durch und flüsterte dem Pfeil Philemons Namen zu. Augenblicklich begann der Pfeil leicht rosa zu leuchten und sanft zu vibrieren. Er war jetzt voll aufgeladen mit Liebe zu Philemon. Ich schoss. Der Liebespfeil sauste durch die Luft, direkt auf Desirées Brust zu.

»Guter Schuss«, kommentierte Bussi noch, ein Kompliment, das ich mir einrahmen würde.

Doch dann passierte das Unfassbare. Der Pfeil prallte an Desirées Brust ab und plumpste ins Gebüsch neben dem Baum.

»Was? Nein!«, rief ich, so laut, dass Desirée und Philemon sich umsahen. Wie war das denn passiert? Hatte ich falsch geschossen?

»Was war das denn?«, fragte Philemon.

»Ist hier wer?«, rief Desirée.

Mein Kopf schwirrte, und weil ich nicht aufpasste, verlor ich die Kontrolle über die Schuhe. Ich schmierte ab und landete mit einem lauten Schrei in der Hecke. Autsch.

»Was zum …?«, hörte ich Philemon, der jetzt über die Hecke schaute. »Hier ist niemand.«

»Aber ich hab doch etwas gehört!«, beteuerte Desirée.

Ich machte mich ganz klein und betete zu Paps, dass die Toga weiter funktionierte. Mein Herz pochte wie wild.

Philemon ging zurück zu Desirée. »Vielleicht solltest du weniger Mordpodcasts hören«, bemerkte er schnippisch.

»Haha, voll witzig. Blödmann.«

Bussi landete neben mir. »Ich nehm das mit dem Schuss zurück. Und das hier war auch eher das Gegenteil von elegant.«

To-do für heute Abend: Möwe erwürgen.

Ich rappelte mich hoch und versuchte meine Gedanken zu ordnen. Der Pfeil war abgeprallt. Ich hatte aber alles so gemacht, wie ich es gelernt hatte. Der Pfeil hatte sogar geglüht.

Moment mal.

Nein, nein, nein! Meine Hände wurden ganz schwitzig, und heiße Flecken breiteten sich auf meinem Hals aus. Pfeile konnten abprallen. Unter ganz bestimmten Bedingungen. Deswegen war es ja so wichtig, jemanden vorher kennenzulernen. Genau wie Aphrodite gesagt hatte. Und ich Idiotin hatte ihre Anweisung natürlich prompt vergessen.

Zur Erklärung: Es gibt viele verschiedene Arten der Liebe, und alle musste man in Betracht ziehen, wenn man jemanden verliebte. Sonst funktionierten die Pfeile nicht, wie sie sollten. Versuchte man zum Beispiel jemanden, der schwul war, in ein Mädchen zu verlieben, drang der Pfeil zwar ein, hatte aber keinen Effekt und brach nach einer Weile ab. Dasselbe passierte bei lesbischen Beziehungen. Pansexuelle dagegen vertrugen alle Pfeile tadellos, und polyamoröse Menschen konnten gleich mit mehreren Pfeilen beschossen werden. Doch bei gewissen Menschen verhielt es sich anders. Und zwar, wenn sie aromantisch waren. Diese konnten sich nämlich nicht richtig verlieben und waren immun gegen unsere Pfeile. Ihre Brust war sozusagen wie ein Schild, das Pfeile abwehrte, und das hieß, sie prallten einfach ab.

Ich schämte mich.

Ich hatte zwar daran gedacht, Philemon zu fragen, ob er auf Jungs oder Mädchen stand, aber Desirée nicht. Dann hätte sie mir ja gesagt, dass das viel zu kurz gegriffen sei und ich nicht alle Möglichkeiten in Betracht gezogen habe. Wie unsensibel von mir, in was für eine Situation ich die arme Desirée gebracht hatte. Mir dämmerte, warum Aphrodite so auf der langen Ausbildung von Liebesgottheiten beharrte.

Eine kleine egoistische Stimme in meinem Kopf jammerte, dass mein schöner Plan jetzt dahin war. Es wäre so einfach gewesen mit Desirée. Aber das war absolut unfair. Es ging darum, eine gute Liebe zu erschaffen und nicht, Philemon einfach mit irgendwem zu verkuppeln. Das machte immerhin eine gute Liebesgöttin aus …

Ich würde nicht aufgeben. Das war nur ein kleiner Rückschlag. Es gab bestimmt ein Mädchen, das noch besser für Philemon war.

Doch zuerst musste ich den Pfeil wiederfinden.

Es klingelte zum Pausenende. Ich harrte noch ein paar Momente still aus, während Desirée und Philemon zurück in die Klasse gingen.

»Hilf mir suchen!«, zischte ich Bussi zu.

Doch die Möwe schüttelte den Kopf. »Nicht mein Pfeil, nicht mein Problem.«

»Blödes Federvieh«, murmelte ich, verlegte in meinem Kopf das Erwürgen auf den Nachmittag vor und krabbelte aus der Hecke.

Die Flügelchen waren wieder in die Schuhe gefahren, und ich klaubte mir ein paar Zweige und Äste aus den Haaren. Ich durchwühlte das piksende Gestrüpp beim Baum. Irgendwo hier musste der Pfeil doch sein.

Ich bog ein paar Zweige zur Seite. Und dann sah ich ganz unten etwas Rosarotes glänzen. Ein Glück! Schnell griff ich in die Äste – und mein Herz wurde zu einem Klumpen Eis. »Nein, nein, nein, beim Zeus, das ist doch nicht dein Ernst!«, wimmerte ich. Es war tatsächlich der Pfeil – nur leider war er in zwei Teile zerbrochen.

Vorsichtig hob ich die beiden Hälften auf. Das durfte nicht wahr sein. Ich hatte doch nur zwei Pfeile, einen pro Verliebten. Wenn mir einer fehlte, würde das Ganze nicht aufgehen. Ich versuchte die Teile wieder zusammenzustecken, aber es hielt nicht. Meine Mission war gescheitert. Tränen rannen mir die Wangen hinunter. Ich hatte versagt. Meine einzige Hoffnung, eine Liebesgöttin zu werden, war dahin.

»Ich wusste doch, dass hier jemand ist!«, rief plötzlich eine Stimme und riss mich zurück in die Gegenwart. Ich sah auf – und blickte direkt in die wütenden Augen von Desirée.

Kapitel 10

ONE WAY OR ANOTHER

Desirée konnte nicht mich meinen. Das war unmöglich. Immerhin trug ich doch die Toga. Ich drehte mich um, schließlich musste hinter mir ja jemand stehen, den sie ansprach.

»Nee, ich meine schon dich, Valentina.«

Oder auch nicht.

»Wieso kannst du mich sehen?«

Desirée schaute mich an, als hätte ich den Verstand verloren. »Weil du direkt vor mir sitzt und so einen furchtbar hässlichen Fetzen anhast. Glaubst du etwa, du seist unsichtbar?«

Schon, ja. Ich blickte an mir herab – und jetzt erkannte ich das Problem: Ein riesiger Riss zog sich durch die Toga, was vermutlich passiert war, als ich das Gebüsch nach dem Pfeil abgesucht hatte. Das hatte die göttliche Kraft wohl aufgehoben. An den Stoffrändern britzelten sogar ein paar Funken.

»Oh, Mist«, murmelte ich. Ich wusste nicht, was schlimmer war: dass Desirée mich sehen konnte, wie ich heulend neben einem Gebüsch hockte, oder dass sie mich in der hässlichen Toga vorfand.

Desirée stemmte die Hände in die Hüften. »Ich hab gesagt, du sollst dich von mir fernhalten! Jetzt belauschst du mich?! Und was ist dein Problem mit meinem Bruder? Der hat auch erzählt, dass du ihm nachgerannt bist.«

»Deinem Bruder?«, krächzte ich.

»Ja, meinem Bruder!« Sie wartete einen Moment. Und dann sagte sie betont langsam: »Phi-le-mon?«

Es war, als würde die Welt zum zweiten Mal in wenigen Minuten explodieren und sich wieder zusammenfügen. Philemon war ihr Bruder! Deshalb kannten sie sich ihr ganzes Leben. Deshalb fragte Desirée bei ihm wegen dieser Party nach. Deshalb hatten sie sich zugewinkt, und deshalb hatte sie ihn auch so vertraut mit einem Boxschlag aus seiner Podcastwelt befreit.

Aromantisch *und* verwandt. Ich glaube, Paps und Mama sollten noch mal überprüfen, ob ich bei der Geburt nicht zufällig vertauscht worden war. Mit einem Stein oder etwas anderem, was schwer von Begriff war.

»Oh!«, war das Erste, was mir dazu einfiel. »Ich dachte, ihr seid …« Ich wusste nicht genau, wie ich es sagen sollte, also formte ich mit den Händen ein Herz.

Desirée klappte die Kinnlade herunter. »Du dachtest, wir

seien zusammen?«, fauchte sie empört. »Bäh, oh Gott, nein!«

Ich hob abwehrend die Hände. »Nein, nein, kein Liebespaar. Also, nicht direkt. Aber zumindest interessiert aneinander. Und da dachte ich, ich könnte euch verkuppeln, um ...« Ich biss mir auf die Lippe. Jetzt hatte ich mich fast verplappert. Und das hatte Desirée auch gemerkt.

»Um was?«

Ich schüttelte den Kopf. »... um euch zu helfen?«, versuchte ich es.

Desirée war jetzt vollkommen fassungslos. »Womit? Mit der Liebe? Das geht dich überhaupt nichts an. Du kennst uns doch nicht einmal. Wer kommt neu an die Schule und mischt sich gleich in solche Dinge ein? Hast du sie noch alle?«

Damit hatte sie wohl nicht ganz unrecht. Wenn man es aus Menschensicht betrachtete. Ein neues Mädchen, das sich um die Liebesdinge von ihnen kümmerte. Ich drehte den Pfeil in der Hand. Verflixt! Hätte mein Plan funktioniert, wäre ich jetzt nicht in dieser obermerkwürdigen peinlichen Lage.

Desirées Blick fiel auf meine Hände, und ihre Augen weiteten sich. »Was ist das denn?«

Ich hielt inne. »Was denn?« Den Pfeil in meinen Händen konnte sie ja nun unmöglich sehen, der sollte wirklich unsichtbar sein.

»Ist das ein Pfeil?«

Ernsthaft jetzt?

Ich stöhnte genervt. »Warum kannst du den denn auch sehen?« Das war doch unfair. Vielleicht weil er zerbrochen war?

Sie wich einen Schritt zurück. »Was willst du damit?«

Ich hielt die beiden Teile hoch. »Jetzt nichts mehr, er ist ja kaputt. Damit kann man auf niemanden mehr schießen.«

»Du willst auf Leute schießen?!«

Wortwahl war heute auch nicht meine Stärke. »Nein, so ist das nicht!«

Desirée wich noch ein paar Schritte zurück, Panik in ihren Augen. »Du bist wirklich vollkommen durchgeknallt. Ich hole jetzt einen Lehrer!« Schon lief sie los, ohne mich aus den Augen zu lassen. Das konnte ich nun echt nicht erlauben.

»Warte, der Pfeil ist nicht gefährlich.«

»Oh ja, das würde ich auch sagen, wenn ich jemanden erschießen wollte.«

»Ich hab nie was von ›erschießen‹ gesagt!«, stellte ich richtig, aber das machte es nicht besser, und Desirée lief schneller. »Jetzt warte doch mal, bei allen Göttern!«

Ich stieß meine Hacken zusammen, und die Flügelchen fuhren aus. Schnell flatterte ich vor Desirée und versperrte ihr den Weg. Sie schrie auf und taumelte zurück.

»Wie machst du das? Was bist du?«

Ich wusste nicht weiter. »Ich bin eine Liebesgöttin. Mein Vater ist Amor, der Gott der Liebe«, gestand ich.

Desirée starrte mich an. »Gott der Liebe? Wie in dieser griechischen Sage?«

»Ich würde eher griechische Geschichte sagen, aber ja.«

Desirée überging meinen Kommentar. »Du behauptest, dein Vater sei dieses kleine nackte Engelchen, das Pfeile verschießt, damit Menschen sich ineinander verlieben?«

Ich verzog den Mund und verzichtete darauf, ihr das mit den Amoretten zu erklären. »Klein und ein Engelchen ist er nicht und meistens zum Glück bekleidet, aber ja, so ungefähr.«

Desirée verzog spöttisch den Mund. »Das ist doch Blödsinn, die griechischen Götter gibt es nicht.«

Das war der Hauptgrund, warum Götter ihre Identitäten nicht preisgeben sollten. Die Menschen waren verdammt ungläubig geworden.

Ich seufzte. »Ich habe Schuhe, aus denen Flügel wachsen. Diese Toga hat mich bis eben unsichtbar gemacht, sodass du nicht gemerkt hast, dass ich direkt vor dir geflogen bin und diesen Pfeil auf dich abgeschossen habe. Mit diesem Bogen übrigens.« Ich zog den Bogen von meinem Rücken und hielt ihn in die Luft. Dadurch, dass ich ihn ihr nun zeigen wollte, sollte er sichtbar werden. Da Desirées Blick ihm folgte, hatte das wohl funktioniert. »Und das erklärt dann ja wohl auch, warum ich mich so doll für euer Liebesleben interessiere. Ich bin nicht verrückt, ehrlich nicht.«

Desirée starrte mich an. Dann wanderte ihr Blick von dem kaputten Pfeil in meiner Hand zu ihrer Brust. »Du hast auf mich geschossen?«

»Ja. Weil ich dich verlieben wollte.« Ich wedelte mit den beiden Pfeilhälften. »Hat offensichtlich nicht geklappt.«

So langsam schienen sich diese Informationen in Desirées Kopf zu ordnen, ihre Miene verzog sich angeekelt. »Du wolltest, dass ich mich in Philemon verliebe? In meinen Bruder? Wie schräg bist du denn drauf?«

Ich stöhnte. »Das wusste ich doch nicht!« Ich merkte, wie

mir Hitze in die Wangen schoss. Ich meine, Gottheiten sehen das nicht so eng mit Geschwistern. Wir sind ätherische Wesen, da gibt es so was wie Verwandtschaft nicht, auch wenn man dieselben Eltern hat. Aber bei Menschen ist das eine ganz andere Sache. »Es hat ja auch nicht funktioniert. Also alles in Ordnung, oder?«

Desirée musterte mich und verschränkte die Arme. »Klingt für mich, als wärst du keine besonders gute Liebesgöttin, wenn du dich vorher nicht mal mit den Menschen beschäftigst, die du verlieben willst.«

Na toll, Aphrodite 2.0. Ich landete auf dem Boden. »Hey, ich kann doch nicht auf jedes Detail achten.«

»Wie die Tatsache, dass Philemon mein Bruder ist?«

Ich hörte ein gehässiges Gackern von Bussi aus der Hecke, doch ging ich nicht weiter darauf ein. Von der Möwe würde ich Desirée sicher nicht erzählen.

»Ja-ha, ich hab's verstanden. Mein Fehler!« Ich seufzte. »Wenn du unbedingt die Wahrheit hören willst: Ich bin eine Liebesgöttin in Ausbildung. Oder besser: *fast* in Ausbildung. Meine Großmutter Aphrodite ...«

Desirée lachte auf. »Natürlich, wer sonst?«

Den Einwurf ignorierte ich mal. »Meine Großmutter Aphrodite hat mir die Aufgabe gegeben, eine bestimmte Person zu verlieben, damit ich beweise, dass ich das Zeug zur Liebesgöttin habe.«

»Und das war ich?«

»Nein, Philemon.«

»Oh.«

Kam es mir nur so vor, oder sah Desirée ein kleines bisschen enttäuscht aus? Dann nickte sie jedoch nachdenklich. »Spannend, dass Aphrodite meint, mein Bruder brauche Hilfe bei der Liebe.«

Ich schnaubte. »Scheint ja ein ganz menschliches Ding zu sein, dass ihr keine Hilfe wollt. Überhaupt seid ihr megakompliziert. Zum Beispiel ist es doch nicht so schlimm, jemandem zu sagen, dass man ihn mag.«

Desirée zog die Augenbrauen hoch. Eindeutig nicht göttlich, aber schon ganz gut dabei. »Du meinst die Sache mit Leila.«

Ich hängte mir den Bogen wieder um. »Ich verstehe das nicht. Sie sagt, sie schwärme für ihren besten Freund, aber er dürfe es nicht wissen. Dabei wirkte sie so unglücklich darüber, als wollte sie wirklich mit ihm zusammen sein. Was soll das denn? Wenn ich Liebesgöttin bin, dann werde ich ihr auf jeden Fall auch helfen.«

Ich hatte Widerspruch erwartet oder so was Ähnliches. Stattdessen bekam ich gar nichts. Desirée sah aus, als wäre einer der großen olympischen Götter vor ihr erschienen. Menschen neigten nämlich dazu, diese Erscheinung nicht verarbeiten zu können und erst mal in Schockstarre zu verfallen. Göttliche Überforderung nannten wir das. »Äh, alles okay?«

»Sagtest du, Leila ist in ihren besten Freund verliebt?«, stammelte sie schließlich.

»Nee, nee«, korrigierte ich. »Sie schwärmt.«

»Das ist doch dasselbe.«

Ich holte sehr tief Luft. Oh boy. »Nein, ist es nicht. Damit man sich verliebt, muss man von einem Liebespfeil getroffen werden. Der weckt die richtigen Gefühle, und man merkt, dass das jetzt richtig echt Liebe ist. Schwärmen kann man theoretisch jeden Tag für wen anders, sich verlieben aber nicht.«

Desirée sah mich an wie ein Auto. »Hä?«

Ich suchte nach einem Beispiel. »Es ist wie ein Feuer. Also, der Pfeil ist der Funke, der das Feuer der Liebe entfacht. Alles klar?«

»Nee. Wie kann Leila denn ohne Pfeil jemanden mögen?«

Ich stöhnte. »Na, wie bei Feuer muss schon etwas brennbares Material da sein, sonst nützt der beste Funke nichts. Also, man muss sich vorher schon ein bisschen gut finden, damit man sich verlieben kann. Heißt aber nicht, dass in jedes brennbare Material ein Funke einschlägt.«

Immer noch dieser Autoblick.

»Merk dir einfach: ohne Pfeil keine echte Liebe. Ist einfach so«, schloss ich. Ich hatte das jahrelang gelernt und konnte nicht erwarten, dass Desirée es in fünf Minuten schnallte.

Desirée schüttelte den Kopf. »Wie auch immer. Also: Leila ›schwärmt‹ für ihren besten Freund.«

Ich nickte zufrieden. »Ja, genau.«

»Du weißt schon, dass ihr bester Freund Philemon ist, oder?«

Mir fiel der kaputte Pfeil aus der Hand. »Was, wie?« Noch eine Explosion in meinem Kopf. »Aber er hat doch hier ganz allein rumgehangen«, stammelte ich. »Und sie ist zu ihrer Garten-AG gegangen. Die sind echt befreundet?« Meine Gedanken versuchten das zusammenzufügen, doch es klappte nicht.

Desirée nickte. »Ja, schon seit dem Kindergarten. Aber in der Schule haben sie dann aufgehört, miteinander rumzuhängen.«

»Wieso denn?«

Desirée machte ein trauriges Gesicht. »Na ja, Philemon ist älter und beliebt. Und Leila ist ...«

Sie stockte. Doch ich wusste, was sie meinte. Die Sprüche, die die anderen Leila hinterhergerufen hatten, waren mir noch gut in Erinnerung. »... ein Freak«, schloss ich.

Desirée nickte nicht, aber man sah ihr die Zustimmung an.

»Schätze, sie hat Angst, dass Philemon das auch abkriegt, wenn sie miteinander rumhängen. Oder er sogar mitmacht. Deshalb kümmert sie sich lieber um den Schulgarten. Aber nachmittags ist sie ziemlich oft bei uns. Ergibt also Sinn, dass da mehr ist.«

Ich dachte an die Herzen in Leilas Block. Darin hatte sie Initialen gezeichnet. Und ich war mir nicht sicher gewesen, ob es ein T, D oder ein P gewesen war.

Ich grinste und packte Desirée an den Händen. »Das müssen wir Philemon sofort sagen, dann wird das gegenseitige Verlieben viel einfacher.«

Schon wollte ich los, doch Desirée hielt mich zurück. »Stopp!«

Ich stöhnte ungeduldig. »Was ist denn?«

»Nur Leila darf ihm erzählen, dass sie ihn mag! Du nicht.«

»Aber warum denn? Ist doch eine Hilfe für sie. Wie gesagt: Es ist nicht schlimm zuzugeben, dass man für jemanden schwärmt! Dann ist das schon mal erledigt, ich kann danach ganz einfach die Pfeile auf sie schießen, und alle sind glücklich.«

Desirée starrte mich an und stammelte nur: »Na, weil das eben so ist.«

Ich fuhr mir durch die Haare. »Ahhhh, warum seid ihr Sterblichen nur so? Das würde mir wirklich einiges erleichtern! Entweder sagt er, er mag sie auch, und ich schieße sie beide ab, oder er tut es nicht, und wir finden jemand Neues! Für beide natürlich.«

Ich würde ganz sicher nicht noch mal denselben Fehler wie eben machen und vergessen, vorher abzuklären, ob da wirklich Gefühle waren. Siehst du, Oma, ich bin lernfähig!

Desirée erwiderte nichts. Doch ich erkannte, dass es in ihrem Kopf ratterte. »Es ist deine Aufgabe, Philemon zu verlieben, oder?«

»Ja, hab ich doch gesagt.«

»Und wenn du das schaffst, dann ist er auch ganz sicher mit Leila zusammen und verliebt.«

»Das ist das Ziel, genau.« Worauf wollte sie hinaus?

»Und wenn du das schaffst, bist du eine Liebesgöttin und kannst frei wählen, wen du verliebst?«

Ich nickte langsam. »Also, ja, im Prinzip schon. Zumindest darf ich dann meine Ausbildung beginnen und mehr Menschen verlieben.« Die genauen Details brauchte sie ja nicht zu wissen.

Desirée nickte. »Okay. Dann helfe ich dir.«

»Wobei?«

»Na, dabei, Philemon und Leila zu verkuppeln.«

Ich hob abwehrend die Hände. »Oh nein, das geht wirklich nicht.« Ein Mensch, der einer Liebesgöttin half? Das hatte es noch nie gegeben. Und war sicher auch nicht erlaubt.

Aphrodite würde das gar nicht gefallen. Und selbst, wenn doch – wie peinlich war das bitte, dass ich Hilfe von einem Menschen brauchte, um meine Testaufgabe zu erledigen? Star würde aus dem Lachen nicht mehr herauskommen.

Desirée stemmte die Hände in die Hüften. »Philemon ist mein Bruder, ich kenne ihn am besten. Und du hast ehrlich gesagt ziemlich offensichtlich keine Ahnung von Menschen! Du bist wie ein Elefant im Porzellanladen! Wie willst du es schaffen, die beiden zusammenzubringen?«

»Das ist überhaupt nicht wahr!« Ihre erhobene Augenbraue widersprach mir so nachdrücklich, dass ich seufzte. »Okay, vielleicht hast du ein bisschen recht.«

Sie grinste zufrieden. »Außerdem möchte ich, dass Philemon nur von Leila erfährt, dass sie ihn gut findet. Das ist ihre Sache. Und du bist wirklich furchtbar darin, Geheimnisse zu behalten.«

»Bin ich gar nicht!«

»Neben der Sache mit Leila hast du mir gerade einfach so erzählt, dass du eine Liebesgöttin bist. Ich denke, darüber müssen wir nicht diskutieren. Keine Sorge. Ich dagegen bin sehr gut darin, den Mund zu halten, und erzähle es nicht weiter. Glaubt mir ja eh keiner. Und ich kann dich davon abhalten, irgendetwas auszuplaudern. Kurz: Du brauchst Hilfe und eine Aufpasserin.«

Diese Desirée war wirklich perfide. Aber ganz auf den Kopf gefallen war ich auch nicht. »Ist das echt der einzige Grund, warum du mir helfen willst?«

Desirée zögerte, dann zuckte sie mit den Schultern. »Ganz ehrlich: Mein Bruder braucht dringend eine Freundin. Ich weiß, dass er gerne eine hätte, hat aber so seine Probleme damit. Ich glaube, Leila wäre perfekt für ihn.« Sie grinste noch breiter. »Und ich bin mir eigentlich ziemlich sicher, dass er sie auch mehr mag.« Sie streckte mir die Hand hin. »Also, haben wir einen Deal?«

Ich überlegte. Lange. Wägte ab. Irgendwie schien mir das ein ziemlich selbstloser Grund.

Desirée wurde ungeduldig. »Komm schon, ich dachte, das hier wäre wichtig für dich!«

Da hatte sie recht. Vielleicht waren Menschen einfach so und dachten auch mal zuerst an andere. Im Gegensatz zu Göttern. Und wenn ich es Star, Candy und den anderen zeigen wollte, dann war ein bisschen Hilfe vielleicht nicht verkehrt. »Okay, Deal!«

»Super!« Desirée hängte sich ihre Tasche um. »Wir treffen uns heute um fünf bei mir zu Hause, und dann legen wir los.« Sie schwenkte ihr Handy. »Ich schreib dir, wo du hinmusst.« Dann rannte sie davon, bevor ich ihr sagen konnte, dass sie ja gar nicht meine Nummer hatte.

Erst als sie weg war, kam Bussi aus der Hecke und flatterte auf meine Schulter.

»Kein Wort«, murmelte ich.

»Oh, ich wollte gar nichts sagen. Nur ... wie willst du eigentlich die beiden mit nur einem einzigen Pfeil verlieben?«

Ich sah auf den zerbrochenen Pfeil am Boden. Da musste ich mir dringend was einfallen lassen.

Kapitel 11

THE POWER OF LOVE

Ich schloss so leise wie möglich die Haustür hinter mir. Den kaputten Pfeil hatte ich in meinen Rucksack versteckt. Ich wollte den Bogen und den verbliebenen heilen Pfeil in mein Zimmer bringen, bevor mich irgendwer bemerkte, doch keine Chance.

»Valentina, bist du das?«, rief mein Vater.

So ein Mist! Schnell rannte ich in mein Zimmer, warf Rucksack und Bogen hinein und knallte die Tür zu, als Paps schon den Gang entlangkam und mich in seine Arme schloss.

»Da bist du ja wieder. War es gut in der Schule? Waren alle nett zu dir? Wie ist dieser Menschenunterricht?«

Ich konnte mir ein Grinsen nicht verkneifen. »Paps, hast du mich etwa vermisst?«

Amor ließ mich los und wurde ein bisschen rot. »Vermisst? Nein, also so würde ich das nicht nennen.« Er nahm seine göttliche Haltung an. »Es war nur sehr ungewohnt, dass du nicht im Haus warst, sonst bist du es ja für gewöhnlich.«

Ich grinste. »Du *hast* mich vermisst. Und ja, es … es war ganz gut.« Ich musste ihm ja nicht sofort erzählen, dass das mit dem Verlieben bisher ordentlich schiefgegangen war, ich einen Pfeil kaputt gemacht hatte und die meisten mich für einen Freak hielten. Oh, und dass ich gleich eine Strafarbeit kassiert hatte, weil Desirée und ich nach der Pause viel zu spät in den Unterricht zurückgekommen waren.

Paps trug heute zum Glück nicht mehr seinen Bademantel. Seine rosa Jogginghose und das dazu passende Shirt waren trotzdem kein Vergleich zu seiner sonst so herrschaftlichen Liebesgottrobe. Und seine Haare hatten noch immer keine Bürste und sein Gesicht keinen Rasierer gesehen.

Ich steckte die Hand in die Hosentasche. »Du, können wir vielleicht kurz sprechen? In deinem Arbeitszimmer?«

Amor druckste herum. »Was hältst du von der Küche? Da gibt es Kakao, im Arbeitszimmer nicht.«

Das hätte ich mir denken können. Paps hatte das Arbeitszimmer nicht mehr betreten, seit Mama weg war. Klar, da hing ja nicht nur allerlei Liebeskram rum, sondern auch ein meterhohes Gemälde von Mama und ihm. Nicht besonders förderlich bei Liebeskummer.

Kurz darauf rührte ich in einem Kakao, den mir eine Amorette gebracht hatte und der leider so gut schmeckte, dass ich ihn am liebsten in einem Zug hinuntergekippt hätte. Unser spezieller Kakao war pink und hinterließ ein wohlig warmes Kribbeln im Bauch. Er schmeckte, wie sich Verliebtsein anfühlte. Die Amorette – Sebastien – hatte für mich extra viele Herzmarshmallows reingetan. Habe ich erwähnt, dass er meine Lieblingsamorette war?

»Also, worüber wolltest du reden?«, fragte Paps, dessen Kakao noch viel größer war als meiner.

Den ganzen Weg nach Hause über hatte ich das Gespräch in meinem Kopf geübt. Ich musste ihn um einen neuen Pfeil bitten. Wie sollte ich sonst meine Mission erfüllen? Aber jetzt fühlte sich das plötzlich ganz schwer an.

»Was wäre, wenn mir etwas von meinen Sachen … kaputtgegangen wäre?«, fragte ich stattdessen.

Paps verschluckte sich an seinem Kakao. »Oh Götter, dir ist ein Pfeil zerbrochen.«

»Was? Nein! Natürlich nicht!«, log ich reflexartig mit so hoher Stimme, dass selbst Bussi, der auf dem Tresen die restlichen Marshmallows aus der Tüte fraß, zusammenzuckte. »Es ist nur meine Toga.« Das stimmte ja sogar.

Paps atmete auf. »Wenn es nur das ist. Die kann Eugene nähen«, sagte er und wedelte in Richtung der Amorette, die gerade zwei herzallerliebste Cupcakes vor uns platzierte. Diese hatten die gleichen magischen Eigenschaften wie der pinke Kakao. Denn Liebe geht ja bekanntlich durch den Magen.

»Das ist Sebastien, Paps.«

»Du hast den Amoretten Namen geben, nicht ich!«

Paps leerte seine Tasse und stellte sie in die Spüle. »Gut, dass es nicht ein Pfeil ist. Wenn deine Großmutter das herausfinden würde, wäre deine Prüfung sofort vorbei. Und ich würde ihre Meinung teilen, ich meine, wenn dir am ersten Tag gleich ein Pfeil zerbrechen würde, wärst du definitiv noch nicht bereit, Liebesgöttin zu werden. Die Pfeile sind das A und O.«

Ich schluckte und war einfach nur froh, dass ich nicht die Wahrheit erzählt hatte.

»Du würdest mir also keinen neuen geben?«, fragte ich und versuchte, betont lässig zu klingen.

»Natürlich nicht«, beteuerte Paps, während Sebastien herbeiflog, um die Tasse abzuwaschen. »Zwei Pfeile für zwei Verliebte. Das war die Prüfung. Und ohne Pfeile kannst du die Prüfung ja nicht beenden.« Er warf mir einen scharfen vielsagenden Blick zu.

»Stimmt«, sagte ich und lachte auf eine, wie ich hoffte, natürliche Weise. »Und logisch, weiß ich alles. War ja aber nur die Toga, zum Glück!« Mein Problem wurde immer größer. Nur ruhig bleiben, Valentina. »Denn es gibt ja keine Möglichkeit, jemanden ohne Pfeile zu verlieben, oder?« Wieder versuchte ich mich in diesem lässigen Ton.

Amor hielt kurz inne. »Nein. Also, nicht für dich. Deine Großmutter und ich, wir können das schon, weil wir unsere Liebesmagie gut bündeln können und das schon ewig machen. Aber das braucht sehr viel Kraft, mehr, als Nachwuchsliebesgottheiten aufbringen können. Ich weiß, dass Star es einmal probiert, aber nicht geschafft hat. Er ist sogar ohnmächtig geworden. Aphrodite war fuchsteufelswild. Göttliche Magie nicht richtig zu beherrschen, kann sehr gefährlich sein.«

Moment – es gab etwas, was Star ausnahmsweise mal nicht konnte?

»Das hab ich gar nicht mitgekriegt.«

»Nicht?« Paps kratzte sich am Kinn. »Weißt du noch, als dieser eine Superstar von einem nahe stehenden Fan in allen sozialen Medien in Tausenden von Liebesposts markiert wurde, so oft, dass er sich bedroht gefühlt hatte? Das war Stars Schuld. Er hatte keine Pfeile mehr. Seine Magie hat sich unkontrolliert überallhin entladen, was in diesen Posts resultierte und die mögliche Beziehung für immer zerstörte. Das passiert nämlich, wenn Liebesmagie nicht durch einen Pfeil gebündelt wird. Star wusste nicht mal, ob die Schwärmerei auf beiden Seiten stark genug war, dabei sollte man sich wirklich sicher sein, wenn man Liebesmagie loslässt. Es war das einzige Mal, dass er eine schlechte Note gekriegt hat. Was guckst du denn so komisch?«

Ich musste die Lippen zusammenpressen, um ein fieses Grinsen zu unterdrücken. Das geschah ihm recht. Der perfekte Star war also doch nicht so perfekt. Es bedeutete aber auch, dass es tatsächlich eine Möglichkeit gab, jemanden ohne Pfeil zu verlieben. Denn nach Paps' Ansage war klar, dass ich keinen weiteren Pfeil bekommen würde, ohne meine Prüfung zu riskieren. Ich musste nur aufpassen, nicht den gleichen Fehler zu machen wie Star. Das wollte ich Leila nicht antun.

Paps schnappte Bussi die restlichen Marshmallows unter dem Schnabel weg. »Wolltest du noch was wissen? Ich habe nämlich einen wichtigen Termin, weißt du.«

Ich schielte auf die Marshmallows, dann zu Paps' zerstrubbelten Haaren. »Ist der wichtige Termin zufällig ein Serienmarathon von dieser komischen Datingshow?«

Amor plusterte sich auf. »Du findest *Game of Love* vielleicht komisch, aber ich finde es ein hervorragendes Stück TV-Geschichte.« Paps watschelte erhobenen Hauptes aus der Küche und wurde dabei immer schneller, um bloß nicht zu verpassen, wie potenzielle Paare Videospiele gegen andere Paare spielten.

Sollte mir recht sein. Ich nahm mein Handy raus und checkte die Nachrichten in der Nachwuchsliebesgottheitengruppe. Alle hatten als Reaktion auf meine letzte Nachricht aufgeregte Fragen und Gratulationen geschickt, viele Emojis, die meisten Herzen. Candy war skeptisch, Iris unterstützend.

Und Star hatte mir eine Privatnachricht geschrieben:

> Hey, Valentina, na, hast du schon dein erstes Pärchen verkuppelt? Tolles Gefühl, oder?

Blödmann. Er war mal wieder nur auf Tratsch aus und wollte, dass ich zugab, wie ich versagte. Kurz überlegte ich, ihm die Sache mit seiner verpatzten Verliebung unter die Nase zu reiben. Aber das hob ich mir lieber für ein anderes Mal auf. Ich steckte das Handy weg. Der würde sich noch umsehen. Es war schon Genugtuung, mir bloß vorzustellen, wie er sich an seinem eigenen Ego verschluckte, wenn er erfuhr, dass ich jemanden ohne Pfeil verliebt hatte. Etwas, was er nicht geschafft hatte. Denn genauso würde ich es machen. Mochte sein, dass das gefährlich war. Aber wenn Oma und Paps das konnten, dann floss diese Fähigkeit doch sicher auch in meinen göttlichen Adern.

Kapitel 12

CAN'T HELP FALLING IN LOVE

Desirée öffnete mir die Tür, kaum dass mein Finger die Klingel berührt hatte. »Du bist zu spät!«, zischte sie.

»Sorry, ich musste dein Haus erst mal finden.«

Sie verdrehte die Augen, packte mich und zog mich herein. Auch wenn ich Desirée weder meine Nummer noch meinen Social-Media-Namen gegeben hatte, hatte sie mich doch sehr zuverlässig überall gefunden und mir ihre Adresse geschickt. Dass ihr Haus aber gar nicht so einfach zu finden war – besonders wenn man als Liebesgöttin kaum den Olymp verließ –, hatte sie nicht erwähnt. Warum haben manche Häuser ihre Haustür auf der Rückseite?

Bussi hatte es vorgezogen, lieber mit Paps diese Datingshow zu gucken, als mir beizustehen. Nur weil Paps die

Marshmallows hatte und ich nicht! Bestechliches Mist-vieh!

Die Eltern von Desirée und Philemon waren zum Glück nicht da, wie Desirée erzählte. Sie waren in der Lasertaghalle, die der Familie gehörte. Das erklärte, warum sie dort eine Party veranstalteten und warum Philemon es so sehr liebte, dass er es sich sogar auf ein Shirt druckte. Leider schnitt sie mir das Wort ab, bevor ich nachfragen konnte, was Lasertag eigentlich war.

»Die beiden sind oben«, flüsterte Desirée mir zu.

»Warum flüstern wir?«, wollte ich wissen.

»Ich dachte, das Verkuppeln muss geheim bleiben?«

»Aber wenn sie oben sind, können sie uns doch nicht hören.«

»Und wenn sie dein Zeug sehen?«

»Meinen Pfeil und Bogen? Das kannst nur du, weil ich es erlaube. Die zwei sehen nichts.«

Desirée atmete tief durch. »Okay, okay.«

Oje, anscheinend war sie sehr viel nervöser als ich. Also tat ich ihr den Gefallen und schlich – genau wie sie – die Treppe hoch.

Oben stieß Desirée vorsichtig die Tür zu Philemons Zimmer auf, damit ich hineinspähen konnte. Und da saßen sie, Phile-mon und Leila, genau wie Desirée es gesagt hatte. Er lehnte an seinem Bett und las in einem Buch, sie lag auf dem Bauch und zeichnete eine Pflanze in ihr Skizzenbuch. Neben ihnen stand eine Musikbox, aus der ein Podcast über einen ziemlich blutigen Kriminalfall tönte. Der Sprecher wurde untermalt

96

von dramatischen Effekten. Doch die beiden lächelten entspannt, als wäre es ein lustiges Kinderhörbuch.

Sie sprachen nicht ein Wort, man könnte fast meinen, es wäre egal, dass der andere da war.

Doch dann hob Leila ihren Bleistift und musterte die Spitze. Sie war schon ganz stumpf. Ohne von seinem Buch aufzublicken, griff Philemon nach einem Anspitzer und stellte ihn neben Leila.

Ein heißes Glücksgefühl strömte durch meinen Körper, und ich musste mir ein Quietschen verkneifen. Sie verstanden sich ohne Worte!

Leila nahm den Anspitzer, ihre Mundwinkel zuckten leicht nach oben, und sie sah Philemon dankbar an, der das gar nicht bemerkte. Und – holladiewaldnymphe – dieser Blick! Er dauerte ein winziges Minisekündelchen zu lange, und obwohl Leila ja bisher nur schwärmte, spürte ich diesmal eine leichte Liebesenergie. Ganz zart, aber unverkennbar da. Ich konzentrierte mich auf Philemon, ob von ihm auch irgendetwas ausging, aber leider kriegte ich nichts zu fassen. Immer wieder lenkte Leilas Gefühl mich ab. Urgh, Gefühle zu erspüren, ist echt Detailarbeit. Trotzdem:

»Wir haben einen Jackpot«, flüsterte ich Desirée zu. »Leila findet Philemon definitiv toll.«

Desirée sah mich erstaunt an. »Echt? Woher weißt du das?«

»Ich bin eine Liebesgöttin, wir haben da so ...« Statt des Satzendes entwich mir ein viel zu lautes Fiepen. Erschrocken schlug ich mir die Hand vor den Mund, und mir schossen die Tränen in die Augen. Leila hatte den Anspitzer zurück auf den Schreibtisch gestellt, und zwar gezielt so, dass ihr Ellenbogen kurz Philemons Knie gestreift hatte. Und die daraus resultierende Gefühlswelle hatte mich überrascht. Jap, sie mochte ihn! Wenn ich das richtig einschätzte, war das genug brennbares Material für ein ganzes Silvesterfeuerwerk.

Leider sorgte mein Welpenquietscher dafür, dass Leila und Philemon uns bemerkten. Sie sahen gleichzeitig auf, wie zwei Erdmännchen bei Gefahr. Zu-cker-süß, wie füreinander gemacht.

»Oh, hi«, sagte Philemon überrascht.

»Valentina? Was machst du denn hier?«, wollte Leila wissen und schaute zu Desirée. »Sag bloß, du und Desirée habt euch angefreundet?«

»Ja, genau«, sagte ich in dem Moment, als Desirée »Nein, gar nicht« sagte. Ich hatte echt gedacht, das sei eine gute Tarnung. Sah sie wohl anders. Autsch.

»Was macht ihr zwei so?«, fragte Desirée, um vom Thema abzulenken.

Die beiden deuteten gleichzeitig auf die Musikbox, wo jetzt irgendwas von einer Obduktion erzählt wurde. Romantische Atmosphäre bedeutete für alle etwas anderes, ich will das gar nicht verurteilen. Auch wenn ich persönlich Liebeslieder vorziehe.

»Cool, dann lassen wir euch mal weitermachen«, sagte Desirée und zog die Tür zu. Die zukünftigen Liebenden blieben drinnen.

Ich lehnte mich an die nächste Wand, um erst mal durchzuatmen. »Wow«, hauchte ich.

Desirée hob wissend die Augenbrauen. »Also glaubst du mir, dass die beiden perfekt zusammenpassen, oder? Du kannst sie prima miteinander verlieben.«

Das glaubte ich tatsächlich. Die Anzeichen von Liebe waren definitiv da, zumindest von Leila ausgehend. Allerdings musste ich Desirée ja noch eine Sache beichten.

»Es gibt da nur ein klitzekleines Problem, also, echt keine allzu große Sache … Aber ich hab nur noch einen Pfeil. Der andere ist ja heute Morgen zerbrochen.«

Desirée verzog angeekelt das Gesicht. »Ja, weil du versucht hast, mich mit meinem Bruder zu verkuppeln, ich erinnere mich.«

Jetzt verdrehte ich mal die Augen. So ein Fehler hätte jedem passieren können.

Ein Schrei aus der Musikbox drang durch die Tür, der Desirée und mich zusammenzucken ließ. Anscheinend waren die Wände nicht ganz so dick, und ich konnte nicht riskieren, dass mein zukünftiges erstes Liebespaar von meiner Identität und unserem Plan erfuhr.

Also verschwanden Desirée und ich auf die Terrasse, wo ich mich in einen der Korbsessel fallen ließ.

»Jedenfalls kann ich keinen neuen Pfeil holen«, erklärte ich weiter, während Desirée Kissenauflagen auf den Sesseln verteilte. »Meine Großmutter würde denken, dass ich nicht das Zeug zur Liebesgöttin habe, und dann wäre meine Prüfung sofort vorbei.«

»Das ist aber ganz schön hart.« Desirée öffnete den Sonnenschirm und zündete alle Windlichter an, die sie finden konnte. Gemeinsam mit der bunten Lichterkette und den aufwendig bepflanzten Blumentöpfen zauberte sie so innerhalb von Sekunden eine gemütliche Stimmung.

Ich schaute zu Boden. »Tja, so ist Aphrodite halt.«

Desirée nahm mir gegenüber Platz. »Wenn deine Prüfung scheitert, passiert was genau?«

»Ich darf keine Ausbildung machen und werde nicht zur Liebesgöttin. Also kann ich weder Philemon verlieben noch sonst wen.«

Desirée schüttelte energisch den Kopf. »Okay, das darf auf keinen Fall passieren!«

Ehrlich gesagt war ich ganz schön überrascht, dass sie so für meine Wünsche eintrat. Das hatte noch nie jemand für mich gemacht. Na ja, außer Paps und Mama ab und zu.

»Keine Sorge«, versicherte ich ihr. »Es gibt noch einen anderen Weg, jemanden zu verlieben. Ohne Pfeil. Aber das ist ziemlich heikel und nicht ganz ungefährlich.« Ich warf Desirée einen fragenden Blick zu. »Und damit es unheikler und ungefährlicher wird, wäre es besser, wenn die beiden von der Schwärmerei des anderen wüssten ...«

Das schien ja ein wichtiges Detail bei Stars verpatztem Plan gewesen zu sein.

So wie Desirée mich ansah, erwartete ich, sofort in die Unterwelt zu Großonkel Hades katapultiert zu werden. »Wir werden Philemon nicht erzählen, dass Leila ihn mag!«

Ich seufzte. »Ich wusste, dass du das sagen würdest.« Trotzdem, einen Versuch war es wert gewesen. Kein Geständnis würde alles viel komplizierter machen. Was, wenn das alles hier komplett umsonst war und Philemon an Leila gar nichts fand?

Desirée schob ein Windlicht zurecht. »Aber wenn du Philemon mit dem Pfeil als Ersten triffst, ist er doch verliebt und wird es Leila sicher sagen. Und bei ihr bist du dir ja sehr sicher!«

Oh ja, das würde einiges einfacher machen. Blöde Aphrodite und ihre blöde Regel. Als ich Desirée davon berichtete, dass Teil der Prüfung war, dass Philemon sich erst als Zweiter verlieben durfte, war sie einigermaßen geschockt. Offenbar hatte ich ihren ganzen Plan zunichtegemacht.

Desirée zögerte. »Okay, aber wenn du Leila mit dem Pfeil triffst, dann wird sie sich ihrer Liebe zu Philemon ja bewusst. Feuer wird entzündet und so. Vielleicht will sie ihm dann ja ihre Liebe gestehen? Also dann ist das der Schubs, den sie braucht?«

Ich zögerte. »Ja, hoffentlich.« Das könnte tatsächlich funktionieren. Ich sprang auf und ging hin und her. »Also, ich schieße den Liebespfeil auf Leila, sie gesteht Philemon ihre Liebe, was ihn über seine Gefühle nachdenken lässt, und ich kann mit meiner Liebesmagie seine Schwärmerei dann zu richtiger Liebe anwachsen lassen.« Ich schielte zu Desirée. »Vorausgesetzt, er mag sie wirklich und sieht sie nicht nur als Freundin.« Immerhin hatte ich vorhin keine Gefühle von ihm spüren können und musste mir diesmal wirklich sicher sein.

Desirée legte mir die Hand auf die Schulter. »Ich kenne meinen Bruder. Glaub mir – der mag sie.«

So ganz überzeugt war ich ehrlich gesagt nicht. Aber was hatte ich für eine Wahl? Wie ich es drehte und wendete, es blieb vertrackt. Da blieb mir wohl nur, Desirée zu vertrauen. Ich atmete durch. »Okay, gehen wir es an!«

Da ich meine Toga nicht hatte, mussten wir für eine Situation sorgen, bei der ich freies Schussfeld auf Leila hatte, ohne dass sie mich bemerkte. Denn auch wenn sie den Pfeil und den Bogen nicht sehen würde, würde sie sich ja trotzdem fragen, was ich da Merkwürdiges tat.

Desirées Plan sah vor, beide auf die Terrasse zu rufen unter dem Vorwand, dass wir Snacks besorgt hätten. Die leichte Abendsonne machte die Terrasse nicht nur gemütlich, sondern auch romantisch. Also für alle außer mich, weil ich mich währenddessen in der großen Eiche neben der Terrasse verstecken würde. Flügelschuhen sei Dank. Hoffentlich verdeckten die Blätter mich gut genug. So ohne Toga war ich doch ein wenig schutzlos.

Philemon und Leila kamen herunter. Teil eins des Plans klappte schon mal. Offenbar machte Mörderpodcasts hören hungrig.

Kurz darauf hatten die drei es sich mit Limonade und Keksen auf der Terrasse bequem gemacht, während ich auf einem breiten Ast hockte. Von hier hatte ich die perfekte Schussbahn. Desirée hatte den anderen gesagt, dass ich kurz auf dem Klo sei

Ich holte den Bogen heraus und legte den Pfeil an. Schon zielte ich auf Leila, als Philemon plötzlich aufsprang und in meine Schussbahn latschte. »Ich hol noch schnell Servietten.«

Das hätte jetzt echt ins Auge gehen können. Als er weg war, flüsterte ich dem Pfeil ein zweites Mal heute Philemons

Namen zu, und auch dieser glühte rosa und vibrierte. Diesmal musste es einfach funktionieren.

Ich zielte – doch da versperrte Philemon mir wieder die Feuerlinie. »Ich hab noch Gummibärchen mitgebracht«, sagte er und schüttete die Tüte in eine Schale.

Timing konnte er – nicht!

Endlich nahm er Platz. Ich spannte die Sehne, als Leila Desirée um die Limoflasche bat. Und schon sprang Philemon wieder auf. »Ich mach das!« Gerade noch konnte ich den Pfeil zurückhalten. Alter!

Ich warf Desirée einen verzweifelten Blick zu, die ihn zum Glück bemerkte und verstand und Philemon sehr bestimmt zurück auf seinen Sessel drückte und die Limoflasche vor ihm abstellte. »Setz dich endlich hin! Und bleib!«

Drastische Momente erforderten drastische Maßnahmen, und ich schätzte, unter Geschwistern konnte man solche Aktionen erklären, ohne Verdacht zu schöpfen.

Tatsächlich tat Philemon wie geheißen. Er schenkte Leila ein und reichte ihr den Becher. Sie wurde rot. »Danke«, murmelte sie.

Jetzt oder nie. Ich betete zu allen Göttern, die ich kannte – ganz heimlich auch zu Artemis und Apollo, was mir meine Familie sicher niemals verzeihen würde. Aber seien wir ehrlich: Beide waren einfach die besten Schützen der Götterwelt. Ja, ich weiß, aber Apollo war neben Kunst und Medizin tatsächlich auch noch der Gott der Bogenschützen. Halt so ein Tausendsassa, der alles machen wollte, sich nicht festlegen konnte und leider in allem wirklich richtig gut war. Aber das würde ich Paps nie sagen, der sah das nämlich ganz anders.

Jedenfalls hatte ich jetzt nur diese eine Chance. Ich holte noch einmal Atem – dann ließ ich den Pfeil los.

Er sauste durch die Luft, auf Leilas Brust zu – und versank darin. Leicht rosa pulsierend schaute das Ende des Schafts heraus. Geschafft! Am liebsten hätte ich einen Freudenschrei ausgestoßen, doch ich verkniff ihn mir. Wäre schwer zu erklären gewesen, warum ich in einem Baum hockte, statt, wie behauptet, auf dem Klo.

Leila zuckte kurz zusammen. Nicht weil sie das Eindringen des Pfeiles gespürt hätte, sondern wegen seiner Wirkung. In exakt dieser Sekunde musste sie ein Gefühl gepackt haben, dessen Ursprung sie nicht würde benennen können. Aber sie wusste in diesem Moment, dass das, was sie für Philemon empfand, so richtige, echte, wahre Liebe war. Mehr noch als zuvor. Und dass die Welt mit ihm so viel schöner war. Als wäre dieses Gefühl einfach aus dem Nichts gekommen, und jemand hätte einen Schalter umgelegt. Nur dass es nicht aus dem Nichts war und auch kein Schalter, sondern ein Pfeil, geschossen von Meisterschützin Valentina. Der, übrigens auch in der Brust einer Person, absolut unsichtbar und unertastbar für sie sein würde. Nur wir Liebesgötter konnten ihn sehen, um zu erkennen, wen wir schon erfolgreich verliebt hatten, bis sich das Liebesband zum Partner geknüpft hatte. Ist ja sonst manchmal gar nicht so einfach, den Überblick zu behalten.

Da stieß Philemon unabsichtlich seinen Becher um, und Limo ergoss sich auf seine Jacke und Hose. Er fluchte. »Mist, ey!« Schnell zog er die Jacke aus und rannte gemeinsam mit Desirée nach drinnen, um etwas zum Aufwischen zu holen.

Leila jedoch blieb sitzen und sah ihm nach mit diesem verklärten, verliebten Blick. Ihre Finger gruben sich in Philemons Jacke neben sich, und dabei stahl sich das Lächeln eines verliebten Mädchens auf ihr Gesicht. Und dann, ganz langsam, breitete sich eine rosa Aura vom Pfeil ausgehend um sie aus und hüllte sie ein. Mit etwas Verzögerung traf mich das Gefühl ihrer Verliebtheit. Ich wusste, dass die Liebe, die man als Liebesgöttin selbst erzeugt hatte, stärker war als fremde. Aber mit einer solchen Wucht hatte ich nicht gerechnet. Ich musste mich am Baum festklammern, als mir kurz schwarz vor Augen wurde. Liebesgöttin kippt ohnmächtig vom Baum. Das wäre wieder eine Schlagzeile gewesen.

Es hatte funktioniert! Meine erste eigene Verliebte.

Kapitel 13

SAY SOMETHING

Ich kauerte zusammen mit Desirée vor der Tür zu Philemons Zimmer, in das sich er und Leila wieder zurückgezo-
gen hatten. Wenn unsere Vermutungen stimmten, dann
würde Leila Philemon jetzt ihre Liebe gestehen, er würde
merken, dass er sie auch gut fand, dann konnte ich meine
Liebesmagie ohne Pfeil wirken, die beiden knutschten und
ich wäre Liebesgöttin. Happy End. Wie in einer guten romantischen Komödie. Da das aber natürlich ein heikles Gespräch
war, mussten die beiden dafür allein sein. Oder das zumindest glauben.

Also lauschten wir an der Tür und spähten durch den Spalt.
Tatsächlich hatte sich Leilas Verhalten grundlegend verändert.

Philemon setzte sich wieder hin und lehnte sich ans Bett. Leila stand irgendwie unschlüssig im Raum, die Hände um den Teller Kekse geklammert, den sie mit hoch genommen hatte. »Alles okay?«, fragte Philemon.

Leila biss sich auf die Unterlippe. »Ja, äh, sicher.« Sie strich sich nervös eine Haarsträhne hinters Ohr.

Philemon sah sie verwirrt an und linste zu dem Platz, an dem sie vorhin noch gesessen hatte.

Leila bemerkte es und setzte sich neben ihn, den Keksteller auf dem Schoß. Philemon nahm sein Buch und begann zu lesen. Unauffällig rückte Leila Stück für Stück an ihn heran, bis sie ihn berührte. Dann zuckte sie zurück, als hätte sie ein Stromschlag erwischt. Die Liebeswelle, die mich traf, war so stark, dass ich meine Finger in Desirées Arm grub.

»Aua«, beschwerte sie sich.

Ich ließ sie los. »Sorry. Es ist nur ... Krass, was ein Liebespfeil machen kann. Die Luft ist voller Liebe.«

Desirée beäugte mich verwirrt, aber auch mit Faszination. Neugierig wandte sie sich den beiden Turteltäubchen zu, als wollte sie nachprüfen, was ich meinte.

Sie musste nicht lange warten. Denn Leila legte ganz langsam und supermutig ihren Kopf auf Philemons Schulter ab.

Desirée und ich hielten die Luft an, als Philemon zu ihr schielte. Bitte, bitte, sei kein Blödmann!

Philemon enttäuschte nicht. Er lächelte – und lehnte seinen Kopf an Leilas. Oh! Meine! Götter! Ich wollte loshüpfen vor Süß. Bestes erstes Paar ever! Leilas Lächeln war der Inbegriff von Glück.

Beide lasen in dem Buch, und Leila folgte ganz genau Philemons Bewegungen. Wie er die Seiten umblätterte, die Worte entlangstrich, leise atmete. All diese kleinen Details waren jetzt für Leila das Schönste auf der Welt. Und für mich auch.

So saßen sie da eine ganze Weile. Desirée und mir schliefen langsam die Beine ein, was mir egal war. Desirée jedoch wimmerte leise vor sich hin und beschwerte sich. Wie ein Kleinkind im Zoo. Ich könnte hier noch Stunden zugucken. Wer brauchte schon Beine?

Irgendwann griffen Philemon und Leila beide nach einem Keks, wobei sich ihre Hände berührten. Die beiden zuckten zurück, und Desirée und ich zogen scharf die Luft ein wie bei einem spannenden Actionfilm.

Leila und Philemon lachten verlegen und lösten ihre Köpfe voneinander. Ihre Blicke trafen sich. Jetzt war es so weit.

»Du, Philemon«, begann Leila. Desirée und ich pressten uns an die Tür, so nah und unauffällig es ging.

»Ja, das ist mein Name, Leila«, antwortete er belustigt.

Leila wurde knallkirschrot. »Also, äh, ich … also du …«

Leila fuhr sich mit der Zunge über die Lippen. Mein Herz klopfte irgendwo in meiner Halsgegend. Ihre Gesichter waren ganz nah beieinander.

Doch da sprang Leila plötzlich auf. »Ich komme gleich wieder!« Sie preschte so schnell aus dem Raum, dass Desirée und ich einen Satz zurück machen mussten und mit den Köpfen zusammenstießen, um nicht die Tür ins Gesicht zu kriegen. Ich plumpste auf den Boden und rieb mir die Stirn. »Aua!« Leila stürmte an uns vorbei die Treppe hinunter, ohne uns wirklich wahrzunehmen. Philemon im Zimmer sah ihr verblüfft hinterher.

»Was war das gerade?«, zischte Desirée mir zu und rieb sich die Schläfe, wo mein Kopf sie getroffen hatte.

»Keine Ahnung«, stammelte ich. Was war denn jetzt schon wieder schiefgelaufen?

Desirée zog mich hoch. »Wir müssen ihr hinterher, komm!«

Wir stürmten die Treppe runter.

Leila schnappte sich ihre Jacke.

»Leila, was ist denn los?«, rief Desirée.

Leila sah auf, während sie sich panisch die Jacke falsch herum anzog. »Sorry, ich muss los. Bis später.«

Schon griff sie ihre Tasche und schwang sich aus der Tür.

Ich sah Desirée an. »Warum hat sie es ihm nicht gesagt?«

Desirée schenkte mir einen ungläubigen Blick. »Das solltest du doch wissen!«

Hm, ja. Wo sie recht hatte. Ich war hier die Liebesgöttin. Und ich hatte keine Ahnung. »Na ja, du kennst dich mit Menschen besser aus!«

Desirée zögerte. »Vielleicht hatte sie einfach Angst.« Sie schien auch unglücklich mit der Situation. Dann aber fasste sie Mut. »Wir erzählen Philemon nicht, dass Leila in ihn verliebt ist. Aber … aber vielleicht können wir Leila erzählen, dass wir Bescheid wissen. Dann können wir ihr helfen.«

Emotionaler Beistand. Gute Idee. »Nur bitte verrate nicht, dass ich eine Liebesgöttin bin. Es reicht, wenn du das weißt!«

Desirée verdrehte die Augen. »Ich hab doch gesagt, *ich* kann Geheimnisse für mich behalten.«

Kapitel 14

KISS FROM A ROSE

Wir fanden Leila im Park um die Ecke. Dieser hatte mitten auf der Grünfläche eine kleine Beetanlage mit verschiedensten Blumen und kleinen Informationsschildchen. In einer Nische, umgeben von Rosen, befand sich eine gusseiserne Bank, um die sich ein Pavillon wölbte, an der die Rosen hinaufkletterten. Und dort saß Leila.

»Da bist du ja«, sagte Desirée, als wir keuchend bei ihr ankamen. »Alles in Ordnung?«

Leila sah auf und nickte. Ihre schwarzen Haare lagen wie ein Schutzschild um sie. »Ich brauchte nur ein bisschen Luft«, murmelte sie und starrte wieder ihre Knie an.

Leila war aufgewühlt, daran bestand kein Zweifel. Die

überwältigenden Gefühle durch einen Liebespfeil waren schon eine Nummer für sich (zumindest hatte Paps das immer gesagt). Das musste sie ziemlich überfordern. Daran hatte ich vorhin gar nicht richtig gedacht.

Desirée erkannte es auch, setzte sich neben Leila und legte den Arm um sie. Leila lehnte sich an Desirée und ließ sich von ihr trösten.

Ich stand ein bisschen unschlüssig daneben. Auf der Bank war wirklich nicht genug Platz für drei, außer wir würden uns echt aneinanderdrücken, und so gut kannten wir uns ja noch nicht. Also steckte ich die Hände in die Taschen und guckte mitfühlend.

»Ich komme immer hierher, wenn mich etwas beschäftigt. Die Blumen beruhigen mich«, erklärte Leila.

Sie deutete auf eine Rose, die in einem ganz besonders satten Pink blühte. »Die da zum Beispiel kommt aus England. Sie heißt *All my loving*. Ich habe noch nie eine Rose gesehen, die so pink blüht. Immer wenn ich höre, dass Verliebte sich Rosen schenken, dann denke ich an diese.« Sie lächelte zaghaft. »Heute blüht sie ganz besonders schön.«

Die Rose sah tatsächlich so aus, als würde sie die Liebe symbolisieren. Ob das Zufall war? Ich nahm mir vor, bei Gelegenheit mal Paps zu fragen, ob er da nicht irgendeinen Deal mit Persephone eingegangen war, die sich als Göttin des Frühlings gerne mal ein paar neue Blumen ausdachte.

Desirée drückte Leila an sich. »Du bist in Philemon verliebt, oder?«

Meine Götter, aber *ich* sollte diejenige sein, die mit der Tür ins Haus fällt?

Leila setzte sich ertappt auf. »Waaas, wieso glaubst du das? So ein Quatsch! Wir sind nur Freunde!«

Schlecht lügen war übrigens auch ein Symptom von Liebe. Das bemerkte Leila wohl selbst. Sie seufzte.

»Woher weißt du es?«

»Valentina hat deine Zeichnungen im Unterricht gesehen und es mir erzählt.«

Leila starrte mich vorwurfsvoll an. Na toll, da ritt mich Desirée schön in die Tinte. Von wegen Geheimnisse für sich behalten können!

»Entschuldige, aber das hat mir einfach keine Ruhe gelassen«, sagte ich schnell. »Du hast von deinem besten Freund gesprochen. Und ich war neugierig und hatte das Gefühl, dass Desirée dich gut kennt. Also …«

»Mir war natürlich klar, dass es Philemon ist. Es stimmt, oder?«

Zu unserer beider Überraschung brach Leila in Tränen aus.

»Ja, es stimmt!«, schluchzte sie. »Ich finde ihn schon lange toll. Aber heute ist es irgendwie so anders geworden. Irgendwie so viel mehr, und jetzt kann ich an gar nichts anderes mehr denken. Mir ist ganz heiß und … Ach, ich weiß auch nicht!«

Oh nein! Ich wollte doch nun wirklich niemanden zum Weinen bringen. Im Gegenteil, Liebe sollte glücklich machen! Ahhh, das war meine Schuld. Ich schob meine Hände tiefer in die Hosentaschen.

»Ja, echt seltsam, dass das heute so plötzlich kam«, stammelte ich. Gar nicht so leicht zu verheimlichen, dass man ganz genau wusste, woher es kam. Das brachte mir natürlich eine erhobene Augenbraue von Desirée ein.

Leila bemerkte das zum Glück nicht. »Ich weiß nicht, was ich tun soll«, schluchzte sie weiter. »Ich kann es ihm nicht sagen. Wir sind befreundet! Schon immer. Was, wenn er mich gar nicht auf diese Weise mag und dann sind wir keine Freunde mehr. Am Ende macht er sich nur über mich lustig. So … so wie alle anderen auch.« Den letzten Teil sagte sie ganz leise.

So ein Mist! Ich verstand genau, was sie meinte. Wirklich. Aber Olympdonnerwetter noch mal – meine Mission stand kurz vorm Scheitern, nur weil so ein paar blöde Teenies sich über andere lustig und der armen Leila das Leben schwer machten. Star hatte solche Probleme bestimmt nicht. Promis bestanden zum Großteil aus Selbstbewusstsein, und Fans war ja bekanntlich ziemlich wenig peinlich.

Ich warf Desirée einen verzweifelten Blick zu. Sie beugte sich zu Leila.

»Aber was, wenn Philemon dir gesteht, dass er etwas für dich empfindet?«, fragte Desirée erstaunlich ruhig. Gut, sie hatte auch ein bisschen weniger zu verlieren als ich, da fiel es ihr leichter, einen kühlen Kopf zu behalten. Und die Idee war wirklich nicht schlecht.

Leila sah sie mit großen Augen an. »Glaubst du denn, das tut er?«

Und endlich lag da Hoffnung in ihrem Blick. Und diese Hoffnung mussten wir nutzen.

Nicht nur wegen der Prüfung – ich wollte, dass Leila glücklich war und all diesen fiesen Blödmännern in der Schule ins

Gesicht lachen konnte, weil sie mit Philemon zusammen war. Okay, gut, hier sprach vielleicht mein Großvater Ares, Gott des Krieges, aus mir.

»Bestimmt!«, rief ich. »Und wir helfen euch dabei zusammenzukommen.«

Desirée sprang direkt darauf an. »Ganz diskret natürlich. Und sollte er deine Liebe doch nicht erwidern, könnt ihr immer noch Freunde bleiben, und er muss es nie erfahren.«

Ich schüttelte nachdrücklich den Kopf. Das war absolut keine Option. Sie hatte es mir versprochen! Doch Desirée sah mich mit einem Blick an, der wohl sagen sollte: *Vertrau mir*!

Na gut. Ausnahmsweise. Bis jetzt hatte sie ja oft recht behalten.

Leila schien dieser Vorschlag zu gefallen. »Okay ...? Aber warum wollt ihr das machen?«

Desirée knuffte sie in die Seite. »Na, weil ich finde, dass du und Philemon ein super Paar wärt.«

Sie nickte mir auffordernd zu. Jetzt war ich dran. »Und, äh, ich liebe einfach die Liebe und finde, alle Verliebten sollten ihr Glück finden. Besonders du. Und Philemon.«

Desirée wirkte bei meinen Worten ein wenig zerknirscht, was ich mir nicht erklären konnte.

Ich deutete auf die Rose. »Und dann schenkt er dir bestimmt auch bald so einen Strauß mit *All my loving*-Rosen.«

Leilas Gesicht wurde todernst. »Das hoffe ich nicht, die sind nämlich selten, und Abschneiden tötet Blumen.«

Der erste Platz im Fettnäpfchentreten geht an Valentina, hurra, Applaus, die Menge jubelt!

»Aber ich verstehe, was du meinst«, fügte Leila hinzu.

Puh.

»Und danke. Aber er darf wirklich nichts merken!«, ermahnte sie uns. »Sonst hört ihr bitte sofort auf!«

Desirée klopfte ihr auf die Schulter. »Na klar. Du kannst dich auf uns verlassen!«

»Du wirst gar nicht merken, dass wir da sind«, schloss ich.

Als Leila schließlich nach Hause gegangen war, nahm Desirée mich noch kurz zur Seite. »Hast du eine Idee, wie wir die beiden verkuppeln sollen?«

Ach, so lief das jetzt. Sie schlug etwas vor, aber ich sollte dann mit Ideen um die Ecke kommen. »Ich dachte, du hättest einen Plan! Du kennst doch die Menschen so gut.«

»Ja, aber du bist eine Liebesgöttin und eine Kuppelexpertin. Damit solltest du dich besser auskennen.«

Ich zuppelte an meinem Bogen. »Na ja, mein Vorschlag wäre ja, dass wir es Philemon einfach sagen, dass sie in ihn verliebt ist ...«

»Nein!«, unterbrach Desirée mich entschieden. »Immer noch.«

Ich verdrehte die Augen. »Schon gut. Das war ja nur der erste meiner Vorschläge.«

Denn sie hatte recht: Auf diesem Gebiet war ich ja nun so was von die Vollexpertin. »Gib mir Zeit bis morgen früh.«

Kapitel 15

THE BOOK OF LOVE

Wie so viele vor ihr hatte Desirée meine Planungsfähig-keit unterschätzt, was die Liebe anging. Sie starrte fassungslos auf den großen pinken Ordner, der vor ihr auf dem Tisch des Kunstraumes lag. Ihr Blick war ein Genuss.

Wir waren ein wenig früher als die anderen aus der Klasse hier und somit relativ ungestört.

»Wa… was ist das?«, stammelte sie.

»Das sind meine Notizen zum Thema Verkupplung.«

»Und die soll ich alle lesen?«

Ich winkte ab. »Quatsch, das ist nur zum Nachschlagen. Ich habe bereits ein paar Pläne zusammengestellt.«

Ich zog fünf Seiten aus dem Ordner. Alle komplett vollgeschrieben und pink bearbeitet. Verzückt beobachtete ich, wie Desirée noch größere Augen bekam. Zu Recht.

»Also, bei meiner Recherche im Bereich der Liebesfilme, -bücher, -sagen und allem, was sich mit dem Thema befasst, haben sich mehrere Wege herauskristallisiert, wie Verliebte zueinanderfinden. Daraus habe ich verschiedene Szenarien gebildet, die immer zum Sieg führen. Und diese fünf eignen sich für unsere Zwecke am besten.«

Ich zeigte ihr die Pläne. Desirées Blick huschte hin und her und wurde immer verwirrter. Ich befürchtete, ihr Kopf würde gleich explodieren.

»Hä?«, machte sie nur.

Ich drehte die Seiten um und betrachtete die Pläne. So kompliziert waren sie doch nun wirklich nicht. Klar, die Blätter waren dicht beschrieben, voller Kästchen und Pfeile, und immer wieder gab es Abzweigungen und Alternativrouten, falls etwas schiefging wie plötzlicher Wetterumschwung, Ausfall einer U-Bahn oder ein unangekündigter Drachenangriff (was bei Liebesgeschichten erstaunlich häufig vorkam). Aber wenn man sie einmal verstanden hatte …

»Okay, ich erkläre sie dir. Nummer eins: olympisch!«

Ich tippte auf die richtige Textstelle.

»Im Prinzip ist es so, dass sich ein Junge vor Liebe zu einem Mädchen verzehrt und deshalb alles für sie tun würde.« Ich deutete auf den oberen Teil. »Können wir aber auch umdrehen. Also dass ein Mädchen, Leila, alles für einen Jungen, Philemon, tun würde. Im Prinzip werden allerlei Wettkämpfe geführt, um den Verliebten zu erringen, göttliche Hilfsmittel hinzugezogen und Tricks angewendet, und am Ende sind sie zusammen und kriegen viele Kinder.« Ich grinste.

Desirée studierte das Blatt. »Sieht aber so aus, als würden die Frauen immer voll schlecht wegkommen.« Sie zeigte auf verschiedene Punkte. »Hades entführt Persephone und zwingt sie, Essen aus der Unterwelt zu sich zu nehmen, damit sie nicht zurückkann. Orpheus hat geguckt, ob Eurydike ihm wirklich aus dem Totenreich folgt, und weil er das nicht durfte, musste sie dortbleiben. Echo hat sich zu Tode gehungert, weil Narziss sie nicht mochte. Daphne hatte keinen Bock auf Apollo, und die einzige Möglichkeit, ihm zu entkommen, war, sich in einen Baum verwandeln zu lassen. Und Amor und Psyche … Oh mein Gott, haben sich deine Eltern echt so kennengelernt?«

Ich nahm ihr das Blatt ab. »Okay, okay, vielleicht was anderes: Liebe nach Shakespeare.« Ich hielt ein Blatt voller Theatermasken hoch.

Desirée war unbeeindruckt. »Du meinst, wo Romeo und Julia am Ende beide sterben?«

Boah, sie war genauso unromantisch wie Bussi.

Ich hielt ihr die drei anderen hin. »Gut, dann hätte ich noch Vampirromanzen, romantische Komödien der Neunziger und New-Adult-Romane mit Pastellcover und englischem Titel.«

Desirée runzelte die Stirn. »Philemon ist aber kein Vampir.«

Ich sah mir das Blatt an. »Sicher? Seltsame Hobbys, verbringt viel Zeit allein, das komische Interesse an blutigen Morden, verträumtes, schiefes Lächeln, blass ist er auch noch und ab und zu gewaltbereit.« Meine Nase fing wie auf Kommando an zu pochen bei der Erinnerung an unser schlagkräftiges Kennenlernen.

»Ist das alles, was du hast?«

Es ärgerte mich, dass Desirée meine Pläne nicht zu würdigen wusste. Sollte sie doch erst mal sämtliche Liebesfilme gucken und solche Pläne erstellen!

Ich stopfte die Blätter zurück in den Ordner und zog ein Klemmbrett mit einem Papier und einem Stift hervor. »Weißt du, was? Dann entwerfen wir einfach unser eigenes Schema aus allem zusammen! Das geht auch.«

Ich blätterte durch den Ordner, bis ich bei den Romance-Tropes ankam. »Wie wäre es mit Closed Proximity? Also, sie irgendwo zusammen einsperren, wo sie zwangsweise zusammenarbeiten müssen. Hat die Schule zufälligerweise einen Aufzug, der stecken bleiben könnte?«

Da lächelte Desirée verschlagen. »Ich habe eine bessere Idee.«

Direkt nach der Doppelstunde Kunst suchte ich Leila im Schulgarten auf, wo sie sich wie jede Pause um die Pflanzen kümmerte. Und was soll ich sagen: Großtante Demeter, Göttin der Natur, wäre entzückt von diesem Mädchen gewesen. In einem Beet wuchsen Gemüsepflanzen, die sicher eine ganze Familie durch den Winter hätten bringen können. In einem anderen gediehen jede Menge bunte Blumen. Und allen ging es fantastisch.

»Hey!«, rief ich Leila zu. »Es geht los.«

Leila stellte ihre Gießkanne ab. »Womit?«

»Mit unserem Plan. Komm mit.«

Leila zögerte und sah zu ihren Pflanzen. »Wird das lange dauern? Ich hab die Zucchini noch nicht gegossen.«

Ich legte ihr meine Hände auf die Schultern und sah sie fest an. »Leila, es kommen Zeiten, da musst du dich entscheiden. Für Zucchini oder für die Liebe.« Inständig hoffte ich, dass sie nicht das Gemüse wählte.

Leila schluckte. »Ich schätze, die Zucchini haben genug Wasser. Wo gehen wir hin?«

Ich nahm ihre Hand und zog sie mit mir. »Siehst du dann. Spiel einfach mit und vertrau mir.« Leila schien unsicher, aber gehorchte.

Auf dem Schulhof passierten wir Desirée, die bei Elizabeth und Mia stand. Ich zwinkerte ihr zu. Schnell entschuldigte sie sich bei ihren Freundinnen und folgte uns.

Elizabeth und Mia sahen einigermaßen geknickt darüber aus. Kurz bekam ich ein schlechtes Gewissen.

»Danke, dass du deine Freundinnen deswegen hängen lässt«, flüsterte ich ihr zu.

Doch Desirée winkte ab. »Quatsch, die sind doch in Beziehungen und können mit Dominik und Lena abhängen und Pärchenkram machen. Die vermissen mich gar nicht.«

Ich bemerkte, dass ihre Stimme ein bisschen bitterer klang als sonst.

Wir fanden Philemon wie gewohnt unter seinem Baum vor. »Was ist denn los?«, fragte er, doch Desirée zog ihn nur mit sich.

»Ich brauche deine Hilfe.«

Er tauschte einen Blick mit Leila, die ebenfalls ein bisschen verwirrt guckte, aber seinem Blick schnell wieder auswich.

Desirée und ich führten die beiden bis zur Schulaula, vor der ein nervöses Mädchen wartete, das etwas älter sein musste. »Lasst euch bloß nicht erwischen«, zischte sie Desirée zu. »Sonst krieg ich Riesenärger.« Desirée bedankte sich bei dem Mädchen, das die Tür für uns aufschloss und dann verschwand.

»Thea ist im Schülerrat«, erklärte sie mir. »Und weil es morgen früh eine Versammlung der Oberstufe gibt, hat sie den Aulaschlüssel zur Vorbereitung.«

Ich pfiff durch die Zähne. »Nicht schlecht. Und woher kennst du sie?«

Philemon lachte. »Desirée kennt jeden und weiß, wie sie zu bestechen sind.«

Desirée lächelte gerissen. »Wenn man den Schülerrat zwecks Teambuilding in eine Lasertagarena einlädt, löst das anschließend viele Probleme für einen.«

Leila sah sich verängstigt um und drückte sich verdächtig nahe an Philemon. Klar, der sichere Hafen, der sie beschützte. Ich musste mir ein Grinsen verkneifen. »Und was genau wollen wir hier?«

Desirée drehte sich zu Leila um. »Ich hab vorhin im Theaterfundus mein Handy verloren und brauch echt eure Hilfe beim Suchen.«

Dabei setzte sie ein gespielt verzweifeltes Gesicht auf und schob ihr Handy – das sie natürlich *nicht* verloren hatte – tiefer in ihre hintere Hosentasche.

Philemon hob die Augenbrauen. »Was hast du denn im Theaterfundus gemacht? Und wie kommt's, dass du dein

Handy verlegst?« Er verzog belustigt den Mund. »Hast du etwa mit irgendwem wild rumgeknutscht?«

Die darauffolgende Stille war beängstigend. Leila rief kirschrot an und wandte den Blick demonstrativ von Philemon ab. Und Desirée stand wie versteinert da, ihre Miene wie aus Eis. Was hätte ich jetzt dafür gegeben, mich in Luft aufzulösen. Das war echt keine schöne Stimmung.

»Ja, Philemon«, antwortete Desirée, und ihre Stimme war so unfassbar kalt, dass ich es bereute, nur ein Shirt zu tragen. »Mit allen aus meiner Klasse. Gleichzeitig.«

Irrte ich mich oder schwang da ganz deutlich auch Schmerz in ihrer Stimme mit? Philemon merkte jedenfalls sofort, dass er das Falscheste gesagt hatte, was er hätte sagen können.

»Tut mir leid«, murmelte er. »Ehrlich. Ich helf dir suchen.«

»Danke.« Desirée schritt auf die Bühne der Aula zu, hinter der sich wohl der Eingang zum Fundus befand.

Philemon, Leila und ich trabten schnell hinterher. Es war seltsam. Philemons Kommentar hätte witzig sein sollen. Warum also hatte Desirée, die sich ja wenig aus Liebe machen sollte, so angegriffen reagiert?

Kapitel 16

TOTAL ECLIPSE OF THE HEART

Desirée führte uns durch mehrere Türen, und ich hoffte wirklich, dass sie wusste, wo wir hingingen. Denn ich hatte schon nach der ersten Tür und der zweiten Abzweigung vergessen, wo wir waren. Ich hätte echt nicht erwartet, dass hinter einer Schulaula so viele Gänge waren. Und angesichts der staubigen hier gelagerten Sachen glaubte ich auch nicht, dass irgendwer diesen Ort aktiv nutzte. Irgendwann jedoch riss Desirée eine Tür auf. »Hier ist es.«

Wir starrten in eine kleine vollgestopfte Kammer. Regale reichten bis zur Decke, und darin stapelten sich Kisten voller Kostüme, Dekorationen und sonstiger Dinge, die in den letzten dreißig Jahren mal für Theateraufführungen genutzt worden waren. Die meisten Sachen waren lieblos hineingestopft worden, da der Regalplatz zur Neige ging. An der Wand lehnten gemalte Bühnenkulissen. Philemon und Leila betraten die Kammer staunend.

»Wow, das ist sehr speziell«, sagte Philemon und drehte sich zu Desirée. »Warum genau warst du noch mal hier?«

Desirées Blick huschte wild umher. Hatte sie sich dafür wirklich keine Ausrede zurechtgelegt? »Ich …« Sie zeigte auf eine Kulisse. »… ich hab versprochen, der Theater-AG bei dem Bemalen der Kulissen zu helfen.« Auf einer Pappe waren scheußlich hässliche Blumen gemalt.

Philemon lachte. »Die arme Theater-AG.« Er deutete auf Leila. »Warum hast du nicht Leila gefragt, die kann super Pflanzen malen.«

Leila wurde wieder rot und sah zu Boden. »Ach, na ja …«

»Na, klar kannst du. Du bist die beste Künstlerin, die ich kenne.«

Leilas Liebesaura glühte ein kleines bisschen stärker. Ich wusste, dass es eine super Idee gewesen war, sie hierherzubringen. Philemon war einfach ein Süßi!

»Helft mir bitte einfach beim Suchen, okay?«, sagte Desirée und schob einen Keil unter die Tür. »Oh, und passt auf! Die Tür kann man nur von außen öffnen.« Sie deutete auf einen Knauf auf der Innenseite der Tür. »Von innen geht das nur mit einem Schlüssel, und der ist verschwunden.«

Sie stupste mich unauffällig an und nickte zur Tür, doch ich hätte ihr Zeichen gar nicht gebraucht. Der Schlüssel steckte noch darin. Schnell zog ich ihn ab und verstaute ihn in meiner Hosentasche. Wir wollten für eine eingesperrte Situation sorgen, aber natürlich zur Not einen Ausweg haben.

Sofort begannen wir die Bühnenbauten anzuheben und nach Desirées Handy zu suchen. Desirée und ich waren eher halbherzig dabei und behielten Philemon und Leila im Auge. Ich schob mich dabei immer weiter Richtung Tür.

»Hier ist nichts«, rief Philemon schließlich. »Bestimmt ist es woanders.«

Das war mein Zeichen. »Vielleicht hinter der Tür!«, rief ich übertrieben laut und kroch dahinter, wobei ich der Tür einen Schubs versetzte.

Dabei löste sich der Keil.

»Valentina, die Tür!«, schrie Leila, doch zu spät. Mit einem Rumms fiel sie ins Schloss. »Nein!«, rief Leila panisch.

»Ey, kannst du nicht aufpassen!«, motzte Desirée. »Jetzt sind wir hier gefangen.« Dabei zwinkerte sie mir jedoch auffällig zu.

»Das wollte ich nicht!«, log ich und versuchte so verzweifelt zu klingen, wie ich nur konnte.

Philemon hob die Hände. »Nur die Ruhe, wir kommen hier schon raus!«

Auf meinem mentalen Klemmbrett hakte ich den ersten Punkt ab: Leila und Philemon unverschuldet in eine Situation bringen, aus der sie nicht fliehen können.

Philemon zog sein Handy aus der Tasche. »Mist, hier gibt's kein Netz!«, schimpfte er.

Natürlich nicht. Hielt er mich für eine Anfängerin?

Er tippte eine Nachricht und steckte das Handy weg. »Vielleicht geht die Nachricht ja trotzdem irgendwie raus.« Er warf mir einen bösen Blick zu, bevor er sich daranmachte, die Wände abzusuchen. Als würde sich hier irgendwo eine

Geheimtür oder so verstecken. »Hoffentlich. Die Pause ist jetzt auch nicht mehr so lang.«

Hui, auch wenn er es nicht sagte, war er ganz schön wütend auf mich.

Leila schlich zu uns rüber. »Niemand weiß, dass wir hier sind, und es findet uns auch garantiert keiner. Egal was ihr vorhabt – dieser Teil eures Plans gefällt mir überhaupt nicht«, flüsterte sie und ging zu Philemon zurück.

Mir allerdings gefiel er außerordentlich, denn es erfüllte bereits Punkt zwei auf meinem mentalen Klemmbrett: ein gemeinsames Feindbild schaffen, sodass sie sich verbünden. Selbst wenn ich das sein musste.

Desirée hielt mir hinterm Rücken ihre Hand hin, und ich schlug grinsend ein. »Und was passiert jetzt?«, fragte sie.

Ich ging im Kopf meine Liste durch. »Nun müssen sie eine Möglichkeit finden, zusammenzuarbeiten und ihren Aufenthalt hier doch noch schön zu machen.«

»Leila, guck mal!«

Wir sahen ebenfalls hin. Philemon hatte sich einen Kopfschmuck aufgesetzt, an dem ein langer Schleier hing, wie von einer feinen Dame. Er nahm einen falschen Blumenstrauß in die Hand und stellte sich auf einen Hocker. »Romeo, mein Romeo!«, zitierte er. Dann drehte er sich um die eigene Achse. »Ich bin deine Julia.«

Leila musste kichern, und auch Desirée prustete los. »Oh Mann, siehst du bescheuert aus.«

»Hey!«, protestierte Philemon gespielt und hüllte sich in den Schleier. »So redet man nicht mit einer Dame.«

Leila und Desirée lachten jetzt umso heftiger.

Ich lachte nicht, aber konnte mir ein Grinsen nicht verkneifen. Wie großartig war es bitte, dass er diese größte aller Liebesgeschichten rezitierte? Das musste ein Zeichen sein.

»Hach, sind Romeo und Julia nicht einfach das tollste Liebespaar überhaupt?«, schwärmte ich. »Zwei Menschen aus verschiedenen Welten, die für ihre Liebe alles aufgeben.«

Philemon zwirbelte skeptisch seinen Schleier. »Sind sie am Ende nicht gestorben?«

Das durfte doch nicht wahr sein! »Boah, warum seid ihr eigentlich alle so unromantisch?« Genau wie Desirée und Bussi, der das Gleiche über *Titanic* gesagt hatte! Wenn ich es recht bedachte, waren es sogar dieselben Worte.

»Also, ich mag das Stück sehr«, flüsterte Leila.

Na, wenigstens eine mit Herz!

Philemon sah sie an, nahm seinen Schleierkranz ab und setzte ihn ihr auf. »Du wärst auch eine bezaubernde Julia.«

Können Liebespfeile eigentlich vor Glück zerspringen? Denn der von Leila war gerade ganz bestimmt kurz davor. Und ich gleich mit. Desirée formte mit den Lippen ein stummes »Oh mein Gott« in meine Richtung, und ich musste vor Emotionen beinahe weinen.

Leila wurde wieder rot, während der Pfeil in ihrer Brust hell leuchtete. »Ich … danke.« Sie sah ihn an. »Und du …«

Ein toller Romeo. Nun sag es doch! Und dass du ihn liebst und überhaupt!

Aber stattdessen wandte sie sich ab und versteckte ihr kirschrotes Gesicht in dem Schleier. »Ich, äh … « Sie hockte sich zu den Bühnenbildern. »Vielleicht kann ich ja diese Blumen verbessern.«

Schon saß Philemon neben ihr. »Ich mach mit. Sicher kann ich was von dir lernen.«

Es wäre auch zu schön gewesen. Aber Leila hatte uns ja gewarnt, dass sie kein Geständnis über die Lippen bringen würde.

Desirée trat zu mir. »Und jetzt?«

Ich zog einen Zettel aus meiner Tasche. Natürlich hatte ich den Plan auch noch schriftlich bei mir. Ich fuhr die verschiedenen Punkte ab.

»Nass werden bei einem Brunnen … Aus Versehen ihre Taschen vertauschen …« Ich tippte auf einen Punkt.

»Philemon könnte Leila beweisen, dass er sie im Angesicht der Gefahr beschützen kann!« Desirée verzog angewidert das Gesicht.

»Das ist ja wohl so frauenfeindlich! Warum muss der Mann die Frau beschützen?«

»Na, weil das romantisch ist und ein typisches Merkmal, wie Mann beweist, dass er in Frau verliebt ist. So erkennt er, dass er alles für sie tun würde«, erklärte ich. »Wäre es andersrum, könnte auch Leila ihn beschützen, aber so ist das nun mal gerade nicht. Philemon muss seine Gefühle begreifen. Das brennbare Material entdecken. Dann kann ich darauf meine Liebesmagie einsetzen.«

Immerhin war das ja der Grund, warum wir das alles machten. Wir mussten Philemons Gefühle so stark machen, dass sie ihm klar wurden und ich nur noch nachhelfen musste, im besten Fall, ohne dass alles explodierte.

Desirée verdrehte die Augen. »Hast du dir Philemon mal angesehen? Der beschützt niemanden.«

»Beschützen hat viele Gesichter«, sagte ich geheimnisvoll. »Aber vielleicht brauchen wir das ja gar nicht.« Ich deutete in Richtung der beiden und lächelte.

Desirée folgte meinem Blick und lächelte ebenfalls. Philemon und Leila malten mit grüner Farbe Blumen auf die Pappwände. Die von Leila waren wunderschön geschwungen, die von Philemon eher rudimentär.

»Ich kann das einfach nicht«, beklagte Philemon, und Leila beugte sich zu ihm hinüber.

»Na klar, du brauchst einfach nur ein bisschen Schwung.« Und schon verbesserte sie seine Blume. »Siehst du, wunderschön.«

»Ja«, sagte er und sah dabei allerdings Leila an.

Desirée beugte sich zu mir. »Kannst du nicht schon loslegen? Ich glaube, er ist so weit.«

»Möglich ... Ja, wenn du meinst. Okay! Sorgen wir dafür, dass er sich über beide Ohren verliebt.«

Ich holte meinen Bogen hinter dem Rücken hervor und umklammerte ihn. Zwar hatte ich keine Pfeile mehr, aber der Bogen war ja auch ein göttliches Utensil, und vielleicht half er mir, die Liebe zu bündeln.

Ich spannte ihn, als hätte ich einen Pfeil, und konzentrierte mich. Auf Leila und Philemon und die Liebe, die um Leila waberte. Ich spürte in mich hinein, in meine Fähigkeit als Liebesgöttin. Konzentrierte mich. Leise flüsterte ich Leilas Namen. Meine Finger kribbelten. Das musste sie sein, diese Liebesmagie. Meinen ganzen Arm zog sie hinauf, und ich merkte, wie die Liebe nach draußen drängte, in die Welt wollte. Doch das musste ich verhindern, sie durfte nicht wild heraus, ich musste sie zielsicher loslassen. Das war gar nicht so leicht, denn die Magie wurde immer stärker, und ich konnte sie kaum noch halten. Mist! Mir durfte nicht das Gleiche passieren wie Star. Werde ein Pfeil! Werde ein Pfeil!

In dem Moment flog die Tür hinter mir auf. Reflexartig nahm ich den Bogen herunter und konnte mit aller Kraft die Liebesmagie zurückkämpfen, die diesen Schreckmoment nutzen wollte, um zu entkommen. In der Tür standen zwei Jungen, die ich schon mal vor Philemons Klasse gesehen hatte.

»Ey, Phil, wir haben deine Nachricht bekommen«, sagte der Größere von ihnen. Hades noch mal! Irgendwo in diesem Kabuff war also ein Fitzelchen Empfang, und das hatte Philemons Handy anscheinend gefunden, um seine Jungs zu alarmieren.

Philemon stand auf und legte den Pinsel weg. »Danke! Ihr seid echt unsere Rettung.«

Die Jungs traten ein, nickten Desirée zu, aber würdigten mich und Leila keines Blickes. Sie sahen sich um.

»Krasses Zeug hier«, sagte der Kleinere mit blonden Haaren. Er deutete auf die Blumen, die Philemon gemalt hatte, und lachte. »Was ist das denn? Sieht ja aus wie von einem Kleinkind. Hast du die gemalt, Phil?«

Phil kratzte sich an seinem Kinn, als wäre ihm das unangenehm, aber bevor er etwas sagen konnte, rief Leila schon: »Nein, die sind von mir!«

Jetzt erst schienen die Jungs sie zu bemerken. »Klar. Wer sonst?«

Philemon warf Leila einen ungläubigen Blick zu, doch sie fixierte die Jungen. *Beschützen hat viele Gesichter*, schossen mir meine eigenen Worte durch den Kopf.

Der größere Junge deutete auf Leilas Kopfschmuck. »Habt ihr hier etwa irgendwelche Liebesgeschichten nachgespielt, oder so was? Du mit der, Phil?«

Leila nahm den Kranz von ihrem Kopf und zwirbelte ihn in den Händen. Jetzt war Philemons Moment gekommen. Er konnte endlich ein Beschützer sein, Leila verteidigen, sich vor diese blöden Typen stellen und für sie einstehen.

Doch stattdessen schielte er zu Leila und dann zu seiner Schwester, bevor er sagte: »Nee, natürlich nicht. Komm mir nicht mit Liebeskram, das ist mir so was von egal. Weißt du doch.«

Es war, als hätte die Welt aufgehört, sich zu drehen. Wie in Zeitlupe machte sich Hoffnungslosigkeit in Leilas Gesicht breit, im selben Tempo wie auch der Pfeil in ihrer Brust immer schwächer leuchtete. Und dann ertönte das schrecklichste Geräusch der Welt. Ein Knacken. Ganz fein und doch ohrenbetäubend. Und auch wenn er winzig war, konnte ich ihn zweifelsfrei erkennen: Ein Riss durchzog den Pfeil in Leilas Brust.

Nein, nein, nein. Das durfte auf gar keinen Fall passieren! Ich musste handeln. Sofort.

»Ja, im Theaterstück vielleicht!«, rief ich schnell. »Aber nicht im echten Leben, oder, Philemon? Da ist Liebe großartig! Du warst doch sicher auch schon mal verliebt, oder?«

Das war nun wirklich superradikal. Aber ich musste zu so einem plumpen Mittel greifen, es ging hier um alles. Desirée und Leila starrten mich entsetzt an. Und auch Philemon war panisch. Ein leicht roter Schimmer erschien auf seinen Wangen.

»Was ist denn mit der los?«, flüsterte der Blonde seinem Kumpel zu.

»Wie peinlich«, sagte der Größere.

Doch davon konnte ich mich nicht beirren lassen. Ich flehte Philemon geradezu an.

»Wir haben letztens darüber geredet, weißt du noch?« Bitte sag etwas!

Philemon schüttelte nur den Kopf. »Ich … Ich muss jetzt in den Unterricht zurück.«

Damit quetschte er sich rasant an mir vorbei und aus der Kammer, ohne sich noch einmal umzusehen. Seine Kumpels folgten ihm.

»Oh Mann, Phil, du hast echt seltsame Freunde«, sagte der Größere. »Leila war ja schon immer komisch, aber diese andere scheint auch weird zu sein.«

»Kommen die morgen etwa auch zur Lasertagparty?«, wollte der Blonde wissen.

Knack! Wenn ich dachte, es könnte nicht schlimmer werden, wurde ich eines Besseren belehrt: Der Riss in Leilas Pfeil vergrößerte sich. Genauso laut und schmerzhaft starb auch in mir etwas. Oh nein. Bei allen Göttern des Olymps, das durfte nicht sein! Es sollte doch gut werden, sie sollten sich verlieben und jetzt … Bitte, bitte nicht!

Panisch durchsuchte ich mein Hirn nach einer Lösung. Aber ich war so geschockt, dass ich keinen klaren Gedanken zustande brachte. Als hätten alle Gehirnzellen die Arbeit niedergelegt. Ich kniete mich hin und suchte schnell den Plan aus meiner Tasche, fieberhaft überflog ich das Blatt. Mir doch egal, ob Leila es jetzt sah.

»Hey, wir könnten doch versuchen …« Das Blatt fiel mir aus der Hand, und ich fluchte leise. »Also, wir könnten …«

»Ach, vergiss es einfach!«, schluchzte Leila, ihr Gesicht voller Tränen. Sie lief aus dem Raum.

Es fühlte sich an, als hätte ich das letzte Boot verpasst, das die sinkende Titanic verließ. Und jetzt müsste ich im Eiswasser sterben wie Jack.

»Nein«, hauchte ich. »Kommt zurück.« Ich glaube, das war sogar ein Originalzitat.

Desirée zog mich auf die Füße und schüttelte mich. »Was zur Hölle sollte das denn?«

Sie war ehrlich sauer. Aber das war mir gerade herzlich egal. »Der Pfeil bricht.«

»Hä?«

Meine Hände zitterten. »Wenn eine Person fest glaubt, dass die Liebe vergebens ist, dann kann der Pfeil brechen, und die Liebe vergeht, und zwar unwiderruflich. Einen zersplitterten Pfeil kann man nicht reparieren. Und Leilas Pfeil hat schon Risse bekommen.« Sogar meine Stimme war ganz zittrig.

Desirée ließ mich los. »Du meinst, sie glaubt, dass Philemon nicht in sie verliebt sei?«

Ich nickte. »Sozusagen. Sie fühlt sich zurückgewiesen.« Jetzt schossen mir die Tränen in die Augen. »Ich wollte sie ineinander verlieben. Aber jetzt hab ich alles noch viel schlimmer gemacht!« Denn ich war gar nicht Jack, der im Eiswasser starb. Ich war der Eisberg, der dafür sorgte, dass die Titanic sank und die Liebenden auseinandergerissen wurden.

Ich konnte die Tränen nicht aufhalten und fing so furchtbar an zu weinen, dass Desirée Mitleid mit mir hatte und mich sogar umarmte. »Na, ganz so schlimm ist es ja wohl nicht«, versuchte sie mich zu trösten.

»Doch! Ich kann gar nichts richtigmachen«, schluchzte ich. »Sogar die Prüfung vor meiner Ausbildung vermassle ich und tu allen weh.«

Star und Candy und all die anderen hatten recht gehabt. Ich war wirklich eine miese Liebesgöttin!

Desirée hatte keine Antwort. Sie sah so aus, wie ich mich fühlte. Hoffnungslos.

Ich schniefte. »Wenn der Pfeil bricht, ist alles vorbei. Ich werde niemals Liebesgöttin. Und selbst wenn Philemon seine Liebe bemerkt, ist es vielleicht zu spät. Gebrochener Pfeil, gebrochene Liebe. Außer, man hat einen neuen Pfeil, aber den hab ich nun mal nicht!«

Das schien selbst Desirée zu verunsichern. Sie ließ mich los. »Aber noch ist der Pfeil nicht abgebrochen, oder?«, fragte sie. »Dann bleibt uns Zeit.«

Ich nickte zaghaft. »Ja, aber ich befürchte, eine weitere Enttäuschung verträgt Leila nicht. Jetzt darf wirklich kein Fehler mehr passieren.«

Desirée dachte nach – und dann schnippte sie mit den Fingern. »Ich hab's! Die Lasertagparty! Ich Idiotin, hätte ich ja gleich dran denken können.«

Ich runzelte die Stirn. »Was ist damit?«

»Philemon und Leila sind beide da. Das ist der perfekte Ort und die perfekte Gelegenheit, um sie zu verkuppeln.«

»Bist du sicher? Party hört sich nach ziemlich vielen Menschen an. Und wenig Möglichkeit auf Zweisamkeit.«

Doch Desirée grinste. »Oh, ich bin absolut sicher. Du wirst schon sehen.«

Kapitel 17

YOU CAN'T HURRY LOVE

Zu Hause warf ich mich aufs Bett und vergrub den Kopf im Kissen. Wenn der Plan mit der Party schiefging, würde ich den Rest meines unendlichen Lebens hier verbringen. Weil ich ja nie eine Liebesgöttin sein würde. Bussi setzte sich neben mir aufs Bett und räusperte sich.

»Was ist?« Mit ihm zu sprechen war gerade das Letzte, was ich wollte.

»Vielleicht solltest du dich mal hinsetzen.«

»Keine Lust.«

»Es ist wirklich wichtig.«

»Nein!«

In dem Moment erklang ein anderes Räuspern, sehr viel heller und femininer.

Sofort sprang ich auf. Auf meinem pinken Schreibtischstuhl saß Aphrodite und betrachtete mich. Es war eigentlich ein ziemlich absurder Anblick, die Göttin der Schönheit auf einem winzigen Drehstuhl zu sehen. Zumal ich meinen Schreibtisch mit unfassbar vielen Listen zugemüllt hatte in meinem Planungswahn gestern, und der Boden sah nicht besser aus. Aber Aphrodite wäre nicht die Göttin der Schönheit, wenn sie es nicht schaffen würde, alles ein bisschen hübscher wirken zu lassen.

»Was machst du hier?«, fragte ich und fuhr mir mit den Fingern durch die Haare im Versuch, sie ein wenig ordentlicher zu machen.

»Ich wollte sehen, wie es so läuft und wie du vorankommst.«

Hatte ihr irgendwer was erzählt? Vielleicht Hermes? Oder Star? Bestimmt Star, wer sonst? Aber er wusste doch gar nicht, wie es lief? Hatte *ich* mich irgendwo verplappert? Würde ja gut zu meiner momentanen Vermasselsträhne passen.

»Gut«, log ich. »Sehr gut. Philemon ist auf dem besten Weg, die Liebe seines Lebens zu finden.«

Aphrodites Augenbraue wanderte nach oben. »Na, na, er ist noch jung, es muss ja nicht gleich die Liebe seines Lebens sein. Das ist auch ein ganz schön großer Anspruch, Valentina. Nimm dich nicht so wichtig.«

Vielen Dank auch. Sehr aufmunternd.

»Ja, aber es ist immerhin seine erste Liebe. Und das ist doch eine der wichtigsten, weil sie das restliche Liebesleben bestimmt. Die bleibt in Erinnerung!«

Aphrodite wiegte den Kopf. »Da hast du recht. Außerdem

scheint es in dem Alter immer um alles oder nichts zu gehen. Teenager neigen zur Übertreibung, wie ich finde.«

Ich fand das nun wirklich fies. Warum vergaßen Erwachsene eigentlich immer so schnell, wie es ist, ein Teenager zu sein? Oder war das so ein Götterding? Und überhaupt, wenn jemand einen Hang zur Übertreibung hatte, dann wohl die Götter. Aber das behielt ich lieber für mich.

»Ich wollte nur mal nachfragen, weil ich mir ein bisschen Sorgen mache. Du bist jetzt schon einige Tage mit der Mission beschäftigt, und das kommt mir ungewöhnlich lang vor.«

Haha. War sie es nicht gewesen, die meinte, Liebe solle nicht auf die leichte Schulter genommen werden und brauche Verantwortung? Und ich solle nicht impulsiv handeln? Eigentlich sollte es also was Gutes sein, dass ich mir Zeit nahm. Ich war die verantwortungsvolle Liebesgöttin Valentina! Vor allem verantwortlich für Liebeschaos und Herzschmerz.

»Das ist nicht so einfach bei Jugendlichen!«, sagte ich also. »Ich muss doch erst mal ganz genau wissen, wer die richtige Person ist, in die er sich verlieben soll, und dazu muss ich die Menschen kennenlernen. Wie du ja gesagt hast, es geht um alles oder nichts!« Aphrodites eigene Worte. Und die von Desirée. »Außerdem habe ich ja nur zwei Pfeile und darf keinen Fehler machen!« Blöd nur, dass genau das passiert war, und ich beide Pfeile so gut wie geschrottet hatte. Aber vielleicht fühlte Aphrodite sich dann zumindest ein bisschen schuldig.

Die andere Augenbraue wanderte nach oben. »Na gut, damit hast du wohl recht. Trotzdem, trödele nicht zu viel herum. Zeit ist Liebe, und Liebe ist Leben. Und mehr als zwei Pfeile solltest du eh nicht brauchen, das wäre verschwenderisch.«

Weil ihr ja nie ein Fehler passierte.

»Keine Sorge, Oma, ich nehme das sehr ernst, wie du weißt. Nach diesem Wochenende wird der Junge verliebt sein, und du kannst mich ruhigen Gewissens zur Liebesgöttin ernennen.«

Aphrodite erhob sich. »Gut, noch dieses Wochenende. Sagen wir bis Montagmittag, weil ich gnädig bin. Wenn du es bis dahin schaffst, bist du Liebesgöttin *in Ausbildung*.« Abschließend hob sie mahnend den Finger. »Und nenn mich nicht Oma!«

Ein helles Licht erschien, und in einem Schwall aus Glitzer und Engelschorgesang verschwand Aphrodite aus meinem Zimmer.

Ich drückte mein Gesicht wieder ins Kissen und stieß ein langes Stöhnen aus. Morgen Abend würde sich alles entscheiden. Wehe, diese Lasertagparty hielt nicht die Wunder bereit, die Desirée versprach!

Kapitel 18

QUIT PLAYING GAMES (WITH MY HEART)

Am nächsten Abend fand ich mich auf einem alten Fabrikgelände wieder. Der erste Eindruck ließ vermuten, dass hier Dampfmaschinen oder schicke Herrenhüte hergestellt wurden. Oder dass sich hier eine hippe Pizzeria mit dem schmissigen Namen »Vintage Pizza« niedergelassen hatte. Aber nicht dass hier irgendwo eine supermoderne Halle war, die das Wort »Laser« im Namen trug. Doch da war sie – eine alte Fabrikhalle mit dem neonbunten Schriftzug »Olympus Lasertag«.

Nicht nur war das ein ziemlicher Kontrast zur Umgebung – warum hatte Desirée nie erwähnt, dass die Halle nach dem Olymp benannt war? Es liegt ja wohl auf der Hand, wie interessant ich das finden würde!

Vor der Halle standen ein paar Teenager, die Softdrinks aus neonbunten Bechern tranken. Alle hatten sich in Neonfarben zurechtgemacht: bunte Strähnen in den Haaren und bunter Lidschatten. Ketten, Brillen und Streifen auf Shirts. Einige trugen Knicklichter wie Schmuck. Neon schien hier die Ästhetik zu sein.

Desirée hatte mir zwar gesagt, dass ich mir was Grelles anziehen solle. Aber das hatte ich wohl falsch verstanden. Ich trug das schreiend Pinkeste, was mein Kleiderschrank hergab (und das war sehr Pink). Nur war es eben nicht neon und nicht leuchtend.

Die beiden Jungs, die Philemon aus dem Theaterkabuff geholt hatten, standen hier draußen ebenfalls herum und beäugten mich abschätzig. Sorry, eure Hoffnung zu zerstören – aber ich bin tatsächlich hier. Fies war allerdings, dass sie nun ihre Begleitungen anstupsten und auf mich deuteten. Sie fingen alle an zu kichern und zu grinsen. Hey! Diese Leute hatten bis eben gerade noch gar nichts gegen mich gehabt. Das ist unfair, sie jetzt dazu zu bringen, mich komisch zu finden!

Zumindest kam es mir so vor, als würden sie das tun. Ich packte meine Tasche fester und versuchte sie zu ignorieren.

In dem Moment entdeckte mich glücklicherweise Desirée. Sie hatte in ihren langen Zopf neonbunte Strähnen eingeflochten und sich bunte Spangen in die Haare gesteckt. Überhaupt waren ihr Outfit und das Make-up am ausgefeiltesten von allen. Bunte Reflektoren an Jeans und Sneakern. Regenbogenlidschatten, grellgrüne Netzhandschuhe und ein weißes Shirt, das hundertpro im Dunkeln leuchtete. So war das wohl, wenn die Halle den Eltern gehörte.

Sie legte mir den Arm um die Schulter. »Valentina, wie schön, dass du da bist.« Sie zerrte mich förmlich Richtung Eingang. Bloß weg von den anderen. Eine Art Rettungsversuch. Nur war ich mir nicht sicher, ob sie *mich* rettete, weil alle mich peinlich fanden. Oder ihren guten Ruf – weil alle mich peinlich fanden.

Drinnen stellte ich schnell fest, dass mich das äußere Erscheinungsbild der Halle nicht im Geringsten auf das Innere vorbereitet hatte. Alles war so krass bunt, dass ich dachte, ich sei auf einer Geburtstagsparty von Iris gelandet. Für dey war bunt erst dann gut genug, wenn alle anderen schon der Kopf schwirrte. Und hier würde eventuell sogar dey Kopfschmerzen kriegen.

Die Farben der Deko deckten sich mit den Outfits der anderen. Luftschlangen, Kerzen, Besteck, Strohhalme und Becher auf den Holztischen – alles neonfarben. Die Wandfarbe – neonfarben. Es waren Leuchtelemente installiert, die im Rhythmus der Musik pulsierten – neonfarben. Der Tresen, hinter dem sich der Kühlschrank mit Getränken befand und an dem ansonsten wohl die Kunden bedient wurden, sah aus wie ein griechischer Tempel, nur halt mit neonfarbenen Streifen. Alles schrie: Zukunft! Mit Laser! Im antiken Griechenland! Komische Kombi, aber irgendwie funktionierte es. Sogar richtig gut, es war ziemlich cool. Wenn die Götter mal wirklich so modern wären.

Ich lehnte mich zu Desirée. »Warum ist denn alles neon?«

Sie runzelte verwirrt die Stirn. »Ist halt eine Lasertagparty.« Sie beäugte mich. »Aber keine Sorge, dein Outfit ist okay. Das geht schlimmer. Den Beweis siehst du da drüben.«

Sie verdrehte die Augen und nickte zum Tresen. Dahinter stand Philemon und spielte den Gastgeber. Er war geradezu störend normal gekleidet. Nichts an ihm leuchtete, war bunt oder auch nur ein wenig anders als in der Schule. Da war ich mit meinem »okay« ja noch gut weggekommen.

»Er findet, Neon beißt sich mit seinem Stil?«

»Nervig, oder?«, empörte sich Desirée. »Man würde meinen, als Mitbesitzer dieser Halle würde er sich besonders ins Zeug schmeißen. Aber nein. Eine Schande für die Familie. Er sagt, das sei Strategie. Sonst würde man ihn im Dunkeln der Arena ja sofort entdecken.« Sie hielt ein neonfarbenes Schminkset und eine Dose buntes Haarspray in die Höhe. »Aber ich erwisch ihn heute noch. Hier kommt niemand ohne bunte Schminke weg.«

Eigentlich wollte ich sie fragen, was sie mit »Dunkelheit« und »Arena« meinte – aber das Schminkset bekam sofort meine Aufmerksamkeit. Ich mopste es ihr aus der Hand.

»Oh, Göttern sei Dank!« Ohne einen Spiegel zu suchen, trug ich die pinke Neonschminke auf und sprühte meine Haare großzügig mit dem Spray – hurra, auch Pink – ein. Sofort fühlte ich mich nicht mehr underdressed. »Was sagst du?« Desirée gab mir einen begeisterten Daumen nach oben.

»Wow. Besser hätte ich es nicht geschafft. Und das ganz ohne Spiegel.«

Ich grinste stolz. »Es hat eben Vorteile, die Enkelin der Göttin der Schönheit zu sein.« Egal, wie sehr ich mich anstrengte, es war mir physisch unmöglich, wie eine Vollkatastrophe auszusehen. Leider galt das nur für Äußerlichkeiten

und übertrug sich nicht auf mein absolut nicht katastrophen-
sicheres Verhalten …

Da entdeckte ich Leila, die ganz allein an einem Tisch saß.
Wie immer war sie eher schlicht gekleidet. Eine schwarze
Jeans, ein braunes Shirt, eine beige Strickjacke mit Blumen-
muster. Allerdings trug sie dazu eine orange Kette und ein
oranges Armband, in ihre schwarzen Haare war eine orange
Strähne gesprayt, und oranges Make-up glitzerte an ihrer
Wange. Es war eher untypisch für sie, und das machte es
umso wundervoller. Für Leila war das ungefähr so, als hätte
sie sich in einem Trog voller oranger Schminke gewälzt, viel
kreischender ging es kaum. Ein hübscher Aufwand, den Philemon gar nicht würdigte, da er hinter der Theke gerade mit
allen anderen Leuten beschäftigt war. Doch das störte Leila
anscheinend nicht. Sie beobachtete ihn und wirkte einfach
nur glücklich, ihn zu sehen. Ein verliebtes Lächeln umspielte
ihren Mund. Mit den Händen zwirbelte sie an einer Schleife,
die sie um einen Blumentopf auf ihrem Schoß gebunden
hatte. Eine kleine grüne Pflanze mit runden Blättern wuchs
neugierig daraus hervor. Sie hatte ein Geschenk mitgebracht!
Niemand sonst hatte etwas dabei, und auch ich hatte nicht an
so was gedacht. Leila war wirklich ein Herz. Absolut unver-
ständlich, warum die anderen sie nicht als allerbeste Freundin wollten.

In diesem Moment drehte Philemon sich zu ihr um und
lächelte ihr zu. Es war nicht lang, ganz flüchtig, und doch
bedeutete es Leila die Welt, das spürte ich. Sah es am pulsie-
renden Pfeil. Farbe schoss ihr in die Wangen, ihr Lächeln
wurde breiter, glücklicher, bevor sie den Blick abwandte.

Seufz. Sie war schon süß. Doch hatte ich gedacht, dass Philemon sich jetzt mal zu ihr begab, hatte ich mich geschnitten. Denn seine Kumpels hatten sich hineinbegeben und nahmen ihn in Beschlag.

Ich wandte mich wieder Desirée zu. »Wir müssen echt was tun, der beschäftigt sich ja gar nicht mit ihr.«

Desirée nickte und seufzte genervt. »Ja, das ist leider sein Ding. Wenn er hier ist, verfällt er in den Gastgebermodus und will allen eine gute Zeit bereiten. Und wir wissen beide, dass es ihm schwerfällt zu checken, wenn jemand mit ihm flirtet.«

»So schwer, wie Leila das Flirten fällt«, bestätigte ich.

Desirées Blick wanderte durch den Raum und wurde dabei ein wenig niedergeschlagen. Ich brauchte einen Moment, um zu merken, warum: Leilas Liebesenergie war nicht die einzige hier. Die meisten von Desirées und Philemons Freunden saßen in Paaren zusammen. Da waren Elizabeth und Mia, die sich jeweils an Lena und Dominik festhielten. Mia saß sogar auf Dominiks Schoß, während sie sich unterhielt. Aber auch die anderen Jugendlichen, die ich nicht kannte, hatten irgendwen dabei. Thea aus dem Schülerrat flirtete mit Philemons blondem Kumpel. Ein sommersprossiger Junge und ein braunhaariges Mädchen warfen Pfeile auf eine digitale Dartscheibe und versuchten sich spielerisch zu übertrumpfen.

Desirée riss sich von dem Anblick los. War sie genervt? So ganz konnte ich ihre Aromantik immer noch nicht einordnen.

»Aber keine Sorge«, wechselte sie das Thema. »Nachher in der Arena beim Spielen werden Leila und Philemon sich schon näherkommen.«

Okay, jetzt sollte ich das wirklich mal klären: »Du, Desi-rée – was genau ist eigentlich Lasertag?«

Desirée sah mich erstaunt an. »Was, das weißt du gar nicht?« Ein schelmisches Grinsen breitete sich auf ihrem Ge-sicht aus, und sie bugsierte mich in Richtung einer Tür. »Oh, du wirst es lieben, Madame Pfeil und Bogen!« Dann rief sie lauthals in die Runde. »Leute, folgt mir bitte für die Einfüh-rung, die erste Runde startet gleich.«

Hinter der Tür befand sich ein schwarzes Loch. Zumindest war der Raum so dunkel, dass ich beim Eintreten über meine eigenen Füße stolperte und mich beinahe auf die Nase maulte. So überrascht war ich. »Warum ist das hier so finster?« Die anderen lachten.

»Weil es Lasertag ist«, feixte jemand.

Desirée und Philemon stellten sich in die Mitte des Rau-mes, wo wegen einer Schwarzlichtröhre zumindest ein klei-nes bisschen Licht war. Und natürlich hatte ich recht gehabt – Desirée leuchtete wie eine Weltmeisterin unter dem Schwarzlicht, und auch die anderen hielten Schritt. Ich zog mir meine Haarsträhne vors Gesicht, die zu meiner Zufrie-denheit wild pink schimmerte.

Philemon dagegen war beinahe unsichtbar, ganz ohne Toga. Hatte Desirée das vorhin gemeint? Ich suchte nach Leila, deren orange Akzente gut zu finden waren und die nicht weit von Philemon entfernt stand.

»Wer hat schon mal Lasertag gespielt?«, fragte Philemon in die Runde. Alle Hände schossen nach oben – außer mei-nen natürlich.

»Wir erklären es trotzdem noch mal«, sagte Desirée schnell, wofür ich dankbar war.

Sie zog eine Art Schaufensterpuppe zu sich heran, deren Weste mit leuchtender Elektronik ausgestattet war. Desirée hob etwas hoch, das an eine Pistole erinnerte und ebenfalls voller leuchtender Elektronik war, weswegen ich darauf wettete, dass es nichts anderes als Licht schoss.

»Im Prinzip ist Lasertag eine Art Fangen. Ihr müsst die anderen Spieler mit diesem Phaser markieren. Das sieht dann so aus.« Sie drückte auf den Auslöser der Pistole – dem Phaser – und zielte auf eines der leuchtenden Elemente an der Weste. Es gab ein Geräusch, und das Element blinkte rot auf. »Jeder Treffer gibt einen Punkt. Trefferzonen sind Brust, Rücken, Schultern und der Phaser selbst.« Sie zeigte dabei auf die verschiedenen leuchtenden Bereiche.

»Jaja, wir schießen uns mit Lichtpistolen ab«, warf Philemons blonder Kumpel ein.

Philemon schüttelte den Kopf. »So nennen wir das hier nicht. Wir markieren. Oder taggen. Alles klar?«

Alle nickten.

»Ihr bekommt eine Weste an.« Desirée hängte den Phaser zurück. »Und wir spielen in Teams.«

Okay, klang nicht allzu kompliziert. Ein Grinsen stahl sich auf mein Gesicht. Leute gezielt mit einem Phaser taggen? Für jemanden, der mit Pfeil und Bogen aufgewachsen war, sollte das doch kein Problem sein.

Desirée hob mahnend den Finger. »Aber es gibt hier eine Besonderheit. Dieser Spielmodus nennt sich Color Quest. Das heißt, wer getroffen ist, wird automatisch Mitglied des anderen Teams und wechselt die Farbe. Die Größe der Teams ändert sich also ständig, und wenn alle zu einer Farbe gehören, ist das Spiel vorbei. Hier seht ihr die Anfangseinteilung der beiden Teams.« Sie tippte auf einen Monitor.

Mein Grinsen wurde breiter. Philemon und Leila waren in einem Team, und Desirée und ich in dem anderen.

Ich begriff, was Desirée vorhatte. »Schlau«, flüsterte ich ihr zu, als sie sich nach der Einführung neben mich stellte. »So können wir alle in dem anderen Team zu uns holen, bis nur noch die beiden da sind und gemeinsam um ihr Überleben kämpfen müssen.«

»Exakt«, bestätigte Desirée. Dann sah sie mich besorgt an. »Hast du alles verstanden? Kriegst du das hin?«

Ich stemmte die Hände in die Hüfte und zog die göttlichen Augenbrauen hoch. Meinte sie die Frage ernst?

»Ich bitte dich. Ich bin die Tochter von Amor, ich schieße auf Leute, seit ich ein Baby bin, das liegt mir im Ichor!«

Philemon kam gerade zu uns herüber und warf mir von der Seite einen erschütterten Blick zu. Ich räusperte mich. »Markiere. Ich, äh, markiere andere Spieler seit schon immer. Ich bin ein Lasertagprofi, wollte ich sagen.«

Er nickte nur, als wüsste er nicht, was er davon halten sollte.

Desirée klopfte mir auf die Schulter. »Ich verlass mich auf dich, okay?«

»Jup.«

Ich studierte die Anzeige erneut, überflog die Namen. Die Teams hießen »Olymp« und »Hades«. Anscheinend hatte die ganze Arena ein Götterthema

Desirée schien meine Gedanken zu erraten und schenkte

mir ihr schelmisches Grinsen. »Ich hab noch eine Überraschung für dich.«

Im angrenzenden Raum hingen Dutzende von Westen nebeneinander auf einer Stange. Wie in so einem Film, wo alle aus einem Flugzeug Fallschirm springen mussten. Obwohl ich von diesen Filmen eher weniger gesehen hatte, da es da mehr Action und weniger Liebe gab.

Einige waren bereits dabei, sich Westen auszusuchen. An allen hingen kleine Namensschilder. Offenbar, um später zu unterscheiden, wer wie häufig getroffen worden war, und um die Punkte zu vergeben. Auf der Anzeige wurden die Westen beim Anziehen den Namen der Leute zugeordnet, sodass ich auch endlich wusste, wie die anderen hießen. Philemons blonder Kumpel war Felix und der Große Saidun.

Mir fiel die Kinnlade herunter, als ich die Namen der Westen inspizierte. »Das sind ja alles olympische Götter!«, rief ich.

Desirée grinste höchstzufrieden. »Überraschung! Hast du dich nicht gefragt, warum ich sofort wusste, wer Amor und Aphrodite sind? Meine Eltern sind große Fans der griechischen Sagen und dachten sich, das wäre doch super, um die Westen zu unterscheiden. Auch wenn sie natürlich nicht an die Existenz von Göttern glauben.«

Ich wusste ja, dass es viele menschliche »Fans« der Gottheiten gab. Mal abgesehen davon, dass sich die Götter auch gerne mal Liebhaber unter den Menschen suchten. (Meine Oma war da wirklich kein Kind von Traurigkeit, und meine Mutter war ja auch mal ein Mensch gewesen.) Aber eine ganze Lasertagarena danach auszurichten, war schon next Level. Ich fühlte mich geschmeichelt. Ob es wohl in Stars Aufgabenbereich fiel, einen Götterfan mit einem Gott zu verkuppeln? Ich würde ihm zutrauen, es zu versuchen.

Staunend ging ich an den Westen entlang. Ich fand die großen Götter wie Poseidon oder Hestia. Aber auch kleinere wie Hekate, Nemesis und Asklepios.

Die meisten Westen hatten schon ihre Besitzer gefunden. Das Paar von der Dartscheibe stand zusammen und diskutierte wild darüber, welcher seiner gewählten Götter jetzt besser war.

»Apollo ist mein Lieblingsgott, er ist der beste Schütze von allen«, ereiferte sich das Mädchen, das ich laut Anzeige als Maike identifizierte.

Der Junge, Julius, schnaubte nur. »Artemis ist die Göttin der Jagd, also wer kann hier besser schießen?«

Ich musste mir das Lachen verkneifen. Paps würde vor Wut schäumen und sicher einwenden, dass ja nur er, als Liebesgott, am besten schießen würde, und sich auf diesen blöden Wettstreit berufen, den er einst gegen Apollo gewonnen hatte, bei dem am Ende die arme Daphne zu einem Baum wurde. Allerdings sahen Desirées Eltern das wohl auch anders, denn Amor hatte nicht mal eine eigene Weste.

Das wollte ich nun wirklich nicht auf mir sitzen lassen, immerhin war Amor dann doch ein ziemlich ernstzunehmender Gott. Empört wandte ich mich mit meiner Beschwerde an Desirée.

»Die ist kaputtgegangen, und wir haben sie noch nicht reparieren lassen. Was allerdings bald passiert!«, versicherte sie mir, während sie sich ihre Athene-Weste anzog. Auch, wenn es verdammt wie eine Ausrede klang, wollte ich ihr mal glauben.

Ich schnappte mir die Aphrodite-Weste, bevor Elizabeth ihre Finger darum schließen konnte. »Das will ich doch hoffen! So lange muss ich halt die Weste meiner Oma tragen. Aber wehe, du sagst ihr das.« Die würde Augen machen, wenn sie das wüsste.

»Alle bereit?«, fragte Philemon, nachdem wir unsere Westen richtig angelegt hatten. Desirée hatte mir zum Glück geholfen, sie festzuschnüren. Ich war überrascht, wie schwer die Weste war.

Philemon trug eine Zeus-Weste. Ich schielte zu Leila, die ihren Phaser nervös umklammert hielt. Mit Entzücken stellte ich fest, dass sie Hera hatte, Zeus' Frau. Perfekter ging es ja wohl nicht. Ich überlegte kurz, zu ihr zu gehen und ihr Mut zuzusprechen, ließ es aber. Immerhin wusste sie ja nicht, dass Desirée und ich eine erneute Verkuppelaktion planten. Letztes Mal hatte das ja nicht so gut funktioniert, und ich wollte ihr keine falschen Hoffnungen machen. Sicher war sicher.

Schon drückte Philemon auf einen Knopf, und alle unsere Westen begannen zu leuchten. Olymp – mein Team – in Weiß und Hades – Philemons Team – in Grün.

»Dann lasst uns starten!«, rief Philemon.

Schon öffnete sich das Portal der Arena, und alle stürmten hinein. Desirée und ich liefen ebenfalls los. Wir hatten eine Mission, auch wenn die anderen im Team nicht wussten, dass es eine ganz andere als ihre war.

Kapitel 19

LOVE IS A BATTLEFIELD

Es dauerte genau zwei Sekunden, bis ich gerne zurück-
genommen hätte, was ich gegenüber Desirée so stolz
behauptet hatte. Lasertag war nun etwas ganz, ganz anderes
als Liebespfeile verschießen. Viel lauter, schneller, dunkler
und stressiger.

Die Arena war riesig. Jede Menge Sichtschutzwände waren
hineingebaut und bildeten so Gänge, die mit Schwarzlicht-
farbe bemalt waren, um sie erkennen zu können. An den
Wänden prangten Gemälde von Göttertempeln, und Rauch-
maschinen pusteten Nebelgemisch in die Luft. So war die
Sicht deutlich eingeschränkt. Bis auf die Tatsache, dass unsere
Westen natürlich leuchteten – und wir alle wilde Neonfarben
trugen. Es war ehrlich gesagt eine gute Idee von Philemon

gewesen, sich zu tarnen. Selbst wenn ich mir sicher war, allein zu sein, teilte mir meine Weste ständig aus dem Nichts mit, dass ich getroffen war. Gefühlt wechselte ich alle paar Sekunden das Team. Und das nur, weil Philemon oder irgendwer anderes sich von hinten anschlich und ich da leider keine Augen besaß.

»Was machst du denn?«, rief Desirée mir zu, als sie mich mal wieder ins Team Olymp zurückmarkierte. »Ich kann nicht alle allein in unser Team holen, damit Philemon und Leila übrig bleiben.«

Ich verdrehte die Augen. »Ach nee, glaubst du, ich mach das absichtlich?«

»Ich dachte, du bist eine gute Schützin!«, zog sie mich auf. »Anscheinend ja nicht.«

Als Antwort markierte ich ihre leuchtende Schulter, woraufhin sich meine Weste beschwerte, dass ich nicht meine eigenen Teamkameraden taggen solle.

Desirée zog eine Augenbraue hoch. »Sehr erwachsen.«

»Wollte nur beweisen, dass ich schießen kann!« Ich grinste. »Nur das Nicht-getroffen-werden war halt nicht Teil meines Trainings!«

Statt zu antworten, zerrte Desirée mich hinter eine Schutzwand, da es schon wieder jemand auf mich abgesehen hatte.

Ich griff in meine Tasche. Zeit, mein Ass aus dem Ärmel zu ziehen. »Wenn sie mich nicht sehen, dann können sie mich nicht markieren, oder?«, fragte ich Desirée, rein rhetorisch natürlich, und hielt die Toga hoch, die Sebastien in feinster Kleinstarbeit mit olympischem Goldfaden wieder genäht hatte.

Desirées Augen weiteten sich. Sie blickte sich um. Doch die Luft war rein, ausnahmsweise mal. »Okay, bleib hinter mir«, zischte sie.

Ich schlüpfte schnell in die Toga.

Desirée blinzelte, als ich unsichtbar wurde. »Okay, das ist ein bisschen gruselig. Wie soll ich denn wissen, wenn du in meiner Nähe bist?«

Zur Antwort pikte ich ihr in den Arm. Desirée erschrak so furchtbar, dass sie wild um sich schoss, und meine Weste verkündete, dass eine Teamkameradin mich erwischt hatte. Es war übrigens eine weibliche Stimme, und ich stellte mir jedes Mal vor, wie Aphrodite mir süffisant erklärte, dass ich erneut versagt hatte. Tolle Idee, diese Weste zu nehmen.

»Könntest du das bitte lassen?«, murrte ich und war etwas enttäuscht, dass Desirée meinen wütenden Gesichtsausdruck nicht sehen konnte.

»Sorry, Reflex!«, sagte sie grinsend. Dann gingen wir in Position. Desirée hob die Finger und zählte von drei runter. Dann preschten wir durch die Arena.

Es war wie Musik, Desirée beim Spielen zu beobachten, und ehrlich gesagt hätte ich ihr stundenlang zuschauen können. Sie bewegte sich wie ein Vollprofi durch die engen Gänge, kannte alle Winkel und Ecken, wo man sich verstecken konnte, und überhaupt alle Tricks, um jemanden zu treffen. Gut, dass ich unsichtbar war. Das hätte ich niemals geschafft. Selbst jetzt steckte ich noch ganz schön viele Treffer ein, aber zum Glück war es in der Arena so laut, dass die anderen sich gar nicht wunderten, wen sie da getroffen hatten.

Desirée zielte präzise auf die grünen Gegner, und einer nach dem anderen wurde weiß.

Ich schoss eher wahllos um mich. Einmal warf Julius die Hände wütend in die Höhe, als ich ihn getroffen hatte. »Wir sind schon im selben Team, Alter«, herrschte er fälschlicherweise Desirée an, doch das war ihr herzlich egal. Ups.

Wir passierten schließlich Leila, die sich hinter einer Wand zusammengekauert hatte und sich erschrocken umdrehte, als sie uns kommen hörte. Ihre Weste leuchtete immer noch grün. Wäre wirklich blöd gewesen für unseren Plan, wenn sie schon jemand erwischt hätte. Sie schaute Desirée – und mir natürlich – verblüfft nach, als wir einfach an ihr vorbeizogen, ohne sie zu markieren. Ich salutierte, um sie aus ihrer Verwirrung zu reißen. Viel zu spät fiel mir ein, dass sie mich gar nicht sehen konnte.

Irgendwann hatten Desirée und ich einen Rhythmus drauf. Sie holte die grünen Spieler auf unsere Seite, und ich sorgte dafür, dass sie auf unserer Seite blieben, indem ich jetzt auch noch meine Flügelschuhe aktivierte. Hoch über den Köpfen der anderen verschaffte ich mir einen Überblick und konnte bei Bedarf auf einzelne Leute schießen. Das war natürlich unfair. Aber unsere Mission war wichtiger als Lasertag. Also markierte ich alle Leute in Grund und Boden und genoss die verwirrten Gesichter, da sie natürlich nicht wussten, warum sie im Bruchteil einer Sekunde wieder das Team gewechselt hatten.

Desirée huschte weiter um die Ecken – und schließlich fanden wir Philemon. Er visierte sie an wie ein junger Gott. Und das sage ich nicht einfach so daher, ich kenne schließlich eine ganze Menge von denen. Er schmiss sich wie ein Actionheld hinter eine Absperrung, während er seinen Phaser nutzte. Aber Desirée konnte ausweichen und erwiderte die Laserstrahlen. Und gemeinsam waren sie wohl das Spannendste, was ich je gesehen hatte. Sie jagten sich mit solcher Raffinesse um die Stellwände, ohne einmal getroffen zu werden, dass ich es kaum fassen konnte. Ich vergaß geradezu, die anderen in Schach zu halten. Die beiden machten das definitiv, seit sie kleine Kinder waren.

Aus dem Augenwinkel sah ich Leila. Jetzt oder nie! Ich musste sie irgendwie zu Philemon befördern. So würde der Teil meines ursprünglichen Plans wieder perfekt passen: Philemon beschützte Leila und bemerkte seine Zuneigung zu ihr. Nur wie sollte ich das anstellen?

Hinter Leila tauchte eine Horde weißer Lichter auf. Der Rest unseres Teams. Klar, es gab keine anderen Gegner mehr, an denen sie sich abarbeiten konnten. Also nahmen sie natürlich Leila und Philemon als Letzte ins Visier. Und Leila war wie auf dem Präsentierteller. Das letzte Stückchen Käse vor einer Schar hungriger Mäuse. Ich landete schnell neben Desirée und tippte sie an. »Leila!«, zischte ich nur. Desirée musste sich natürlich auf Philemon konzentrieren, aber linste trotzdem kurz in Leilas Richtung. Sie begriff die Situation sofort.

»Hey, Brüderchen!«, rief sie. »Vielleicht beschützt du mal dein letztes Teammitglied, bevor du ganz allein bist.«

Sie nickte zu Leila. Philemon sah die anderen weißen Lasertagspieler auf sie zurennen und die pure Angst in Leilas Gesicht. Sie stand unbewegt da wie ein Reh im Scheinwerferlicht.

Er zögerte, doch dann wandte er sich wieder Desirée zu. »Netter Trick, aber so leicht entkommst du mir nicht.«

Leila hatte es natürlich gehört, und etwas in ihren Augen starb. Vielleicht bildete ich es mir auch nur ein, weil in mir gerade definitiv etwas gestorben war. Was war denn nur mit diesem Jungen los? Leilas Pfeil in ihrer Brust flackerte etwas dunkler, während unser Team an mir vorbeistürmte und alle gesammelt auf die arme Leila einballerten. Sie hatte keine Chance und hob einfach nur die Hände vors Gesicht.

Mehrfach getroffen blieb sie vollkommen überfordert stehen, während ihre Weste weiß leuchtete. Sie atmete einige Male ein und aus. Das war doch echt nicht zu fassen, dass Philemon sie dem Rudel Wölfe zum Fraß vorgeworfen hatte! Wütend stapfte ich auf Philemon zu und markierte ihn mit einem gezielten Phaserstrahl, sodass auch er nun verloren hatte. Natürlich war er davon überrascht, und richtig fair war es auch nicht. Er war definitiv ein fantastischer Schütze, und ohne meine Toga hätte ich ihn nie erwischt. Aber das hatte er wirklich verdient.

Verwirrt sah er sich um. »Wer war das?«

Ein lauter Ton signalisierte das Ende der Runde, die Lautsprecherstimme verkündete den Sieg von Team Olymp, und das Licht ging an. Hinter der nächsten Stellwand riss ich mir die Toga vom Körper und zeigte mich. »Ich war das, du Amateur!«

Philemon starrte mich perplex an, dann grinste er. »Das zahl ich dir nächste Runde heim, Valentina.«

»Das hat ja nun überhaupt nicht geklappt«, flüsterte ich Desirée zu, als wir unsere Westen aufhängten.

Sie seufzte. »Ich hab wohl unterschätzt, wie gerne Philemon gewinnt.«

Leila hängte ihre Hera-Weste auf und sah sehnsuchtsvoll zu Philemon, der in einiger Entfernung von seinen Kumpels aufgezogen wurde. Ihr Pfeil flackerte wieder. Sie hegte langsam Zweifel an Philemon. Verständlich. Tat ich auch.

Desirée strich ihr über die Schulter. »Sorry für meinen Bruder.«

Doch Leila schnaubte. »Für deinen Bruder? Entschuldige dich lieber für dich. Für euch!«

Bitte was?

»Äh, wieso denn?«, fragte ich sie.

Leila tippte sich an die Stirn. »Ich weiß nicht, was ihr da versucht, aber es ist bestimmt wieder irgendein Verkupplungsversuch. Der offenbar nicht funktioniert!« Sie sah traurig zu Boden. »Wahrscheinlich ist Philemon einfach nicht ...« Ihre Stimme verlor sich, und sie musste den Satz auch gar nicht beenden. Der Pfeil wurde noch dunkler.

So ein Mist. Alles, was wir bisher erreicht hatten, war, ihr zu zeigen, dass Philemon sich nicht um sie scherte. Das Gegenteil von dem, was wir wollten.

Ich nahm ihre Hand. »Nein, nein! So darfst du nicht denken, okay?« Wobei ich mir langsam nicht mehr sicher war, ob er sie auf diese Weise mochte. Aber wir waren jetzt so weit gekommen – und ehrlich gesagt *wollte* ich wirklich, dass das mit den beiden funktionierte.

Desirée kam mir zu Hilfe. »Noch ein Spiel, in Ordnung?

Ein Versuch. Ich verspreche, dass Philemon dich auch mag.«
Ein ganz schön heftiges Versprechen. Ich musste an diese
ganzen Arztserien denken, die ich geguckt hatte. Denn seien
wir ehrlich: Eigentlich sind das Liebesserien mit Kranken-
haussetting. Dort ermahnten sie sich immer gegenseitig,
Patienten nicht zu versprechen, dass Operationen gut laufen
würden, weil es keine hundertprozentige Garantie gebe. So
fühlte ich mich auch gerade.

Leila überlegte, zögerte. Natürlich. Die Hoffnung starb zu-
letzt. Ein Hoch auf die Liebe.

»Na gut«, sagte sie schließlich. Desirée und mir fiel kollek-
tiv ein Stein vom Herzen. »Aber erst mal brauch ich eine
Pause!«, sagte Leila und stapfte in die Vorhalle davon, wo die
meisten anderen auch schon chillten.

Ich wandte mich an Desirée. »Das ist eine Katastrophe.
Der Pfeil sieht schlimm aus«, erklärte ich. »Wir haben nur
noch diesen einen Versuch, sonst ist alles verloren.«

Desirée war seltsam entschlossen. »Genau. Wir haben
noch einen Versuch. Ein letztes Spiel. Und diesmal klappt es
ganz sicher!«

Kapitel 20

TAKE ON ME

Schnell stellten wir fest, dass die anderen Partygäste gar nicht so erpicht darauf waren, sofort eine neue Runde Lasertag zu starten. Mia und Dominik fütterten sich gegenseitig mit Gummibärchen vom Büfett, Philemons Kumpels standen um den Laserhockeytisch herum und feuerten Felix und Thea an, die gegeneinander spielten. Und eine große Gruppe hatte sich mit Getränken nach draußen verzogen.

Diese Unterbrechung unseres Plans passte mir gar nicht, worauf ich Desirée gerade aufmerksam machen wollte. Da wurde sie allerdings von Elizabeth und Lena gepackt und auf eine neonbeleuchtete Tanzfläche gezogen. Überraschenderweise wehrte Desirée sich kein Stück und fing wild an zu tanzen.

Okay, na schön. Ich schätze, ein bisschen Party war zwischen dem ganzen Lasertag auch ganz lustig.

Ich holte mir einen violetten Slushie aus einer Maschine, der laut Angabe nach Himbeere schmecken sollte, aber sicher noch nie eine echte Frucht gesehen hatte.

Gerade als mir das Eis-Kunstsaft-Getränk Lippen und Zunge lila färbte, setzte sich Philemon zu Leila, die einen Tisch weiter weg von der Maschine saß. Ich spitzte ganz unauffällig meine Ohren.

»Das ist ein bisschen blöd gelaufen bei dem Spiel«, gab Philemon zu. »Tut mir leid.«

Wenigstens war er selbst darauf gekommen, sich zu entschuldigen. Es war zwar nur ein Spiel, trotzdem wirft man seine Freunde doch nicht den Löwen zum Fraß vor.

Leila lächelte. »Danke. So ist Lastertag eben. Ist ja nicht deine Schuld.« Ihr Pfeil puckerte rosa, und ihre Liebesaura wurde wieder etwas stärker.

»Was ist das denn?« Philemon deutete auf die Pflanze, die vor Leila auf dem Tisch stand.

Leila schob den Topf zu ihm rüber. »Ein Geschenk. Für dich.« Sie wurde rot. »Also, für euch!«, korrigierte sie sich schnell.

Philemon drehte den Blumentopf in der Hand und grinste breit. »Du weißt aber schon, dass du kein Geschenk hättest mitbringen müssen?«

»Oh. Ja.« Leila sah zu Boden, und Philemon bemerkte, wie ertappt sie sich fühlte.

»Was ist das denn für eine Pflanze?«

Leila sah wieder auf. »Das ist ein Glückstaler. Ich habe

selbst welche, und das ist ein Ableger davon. Er soll Glück bringen, und deshalb dachte ich, es kann ja nicht schaden, wenn du – äh, wenn ihr einen habt.«

Philemon sah sie mit großen Augen an. »Wow, wie cool! Danke! Dann habe ich jetzt also sozusagen einen Teil deiner eigenen Pflanze zu Hause?«

»Also … ja, irgendwie.«

Das Herz ging mir auf bei dem Anblick, und das hatte nicht nur damit zu tun, dass jetzt eine riesige Gefühlswelle von Leila zu mir herüberschwappte und der Pfeil gleich viel gesünder aussah. Während sie ihm haargenau erzählte, wie er die Pflanze zu pflegen hatte, wandte er den Blick nicht von ihr ab und lächelte einfach. Ich kannte so einen Blick. So sah Paps immer Mama an, wenn sie ihm erzählte, welche neuen Yogatechniken sie gelernt hatte. Paps interessierte Yoga nicht die Bohne, aber er liebte es, wie sehr Mama es liebte. Zumindest hatte er das immer. Ich hoffte wirklich, dass sie sich wieder einkriegten.

Desirée setzte sich neben mich auf die Bank. Sie war vom Tanzen ganz außer Atem, und Schweißperlen glitzerten auf ihrer Stirn.

»Verrückt. Eigentlich mag Philemon Pflanzen nicht besonders.«

»Aber er mag diese Pflanze«, antwortete ich verträumt.

Ihre Miene zeigte deutlich, dass sie das nicht nachvollziehen konnte. Musste sie aber ja auch nicht.

»Vielleicht sollten wir jetzt mit Runde zwei anfangen«, zischte ich. »Damit es gleich noch besser zwischen den beiden läuft.«

»Gute Idee! Ich hab mir extra was ausgedacht.« Desirée griff sich den Rest meines Slushies und trank ihn mit einem Schluck aus.

»Hey!«

Schon stand Desirée auf und stellte sich vor die Türen, die zur Arena führten.

»Okay, wer hat Lust auf noch ein Spiel?«, rief sie. »Diesmal in Zweierteams, mit Eliminierung. Wer zweimal markiert wird, ist raus.« Sie hob die Hand. »Also arbeitet besser zusammen, denn wenn ein Teammitglied k. o. geht, ist das ganze Team k. o.. Bis nur noch ein Team übrig ist.«

Ein missmutiges Raunen ging durch die Menge, und wir schauten in ablehnende Gesichter. Felix und Thea unterbrachen nicht mal ihre Laserhockeyrunde.

»Ich will lieber noch ein bisschen tanzen«, rief Julius. Das schien die allgemeine Stimmung zu sein. An Philemons Körperhaltung konnte ich erkennen, dass es ihn in den Fingern juckte, noch eine Runde zu spielen. Aber er ordnete sich der Gruppe unter. Wie immer.

Gut, die anderen mussten ja nicht gleich in Begeisterungsstürme verfallen. Aber zumindest ein bisschen Zustimmung hatte ich erwartet. Ist doch eine Lasertagparty?

»Kommt schon!«, rief Desirée. »Alles zählt. Wer jetzt gewinnt, ist das Königsteam der Party!«

Das brachte mich auf eine absolut geniale Idee. »Das Königspaar!«, unterbrach ich Desirée. »Wir machen eine Pärchenrunde! Die Teams bestehen aus Paaren, und wir spielen Liebeslieder.«

Desirée starrte mich an, als hätte ich nicht mehr alle Pfeile im Köcher – doch bei den anderen sorgte das für den Effekt, den ich erhofft hatte.

»Au ja!«, rief Mia. »Zusammen machen wir alle fertig, Domi!« »Domi« nickte begeistert.

Thea und Felix schlugen ein, und auch Elizabeth und Lena grinsten einander feixend an.

In Windeseile waren nur noch Philemon, Leila, Desirée und ich übrig.

Desirée sah sich um, ihr Blick war merkwürdig traurig. Klar, sie hatte als Einzige in ihrem Freundeskreis ja niemanden. Ein bisschen tat mir mein Vorschlag jetzt leid. Ich wollte sie nicht ausschließen, aber Desirée musste doch wissen, dass ich einen Plan hatte!

Was mich stutzen ließ, war jedoch der Blick, den Philemon ihr zuwarf. Er war voller ... War das Mitgefühl? Er ging zu Desirée, und ich begriff sofort, was er vorhatte. Oh nein! Er sollte mit Leila zusammenspielen, sonst hatte das alles hier keinen Sinn! Wenn er Leila wegen Desirée stehen ließ, würde das ihren bereits angeknacksten Pfeil sicher zum Brechen bringen.

Schnell packte ich Desirées Arm. »Lass uns zusammenspielen! Du bist viel besser als Philemon.« Ich warf ihm ein siegessicheres Lächeln zu.

Desirée machte ein entschlossenes Gesicht, und der Kummer war vergessen. »Natürlich bin ich das!«

Philemon wirkte ein wenig verunsichert, dann aber sah er zu Leila, die ihn schüchtern anlächelte. Er grinste.

»Uhhh, Philemon! Da hast du jetzt aber einen ganz schönen Klotz am Bein.« Felix nickte in Leilas Richtung.

»Alter, geht's noch?«, herrschte Desirée ihn an.

Felix hob die Schultern. »Was denn? Leila ist nun mal nicht so gut in Lasertag.«

Leila machte einen Schritt von Philemon weg. »Er hat recht. Wir sollten kein Team bilden. Du bist so gut, und ich bin dir nur im Weg.«

Doch da legte Philemon ihr den Arm um die Schulter und zog sie an sich. Ich musste mich am Tisch abstützen, so krass brandete Leilas Liebesenergie über mich hinweg. Dass sie – oder ich – nicht einfach in Ohnmacht fiel bei seiner Nähe, grenzte an ein Wunder.

»So ein Quatsch!«, meinte Philemon und feixte, an Felix gewandt: »Mal sehen, ob du auch noch so blöde Sprüche machst, wenn wir dich fertiggemacht haben!«

»Super, dann fehlt nur noch eine Sache!« Blitzschnell schmierte Desirée Philemon ein paar orange Streifen Schwarzlichtschminke ins Gesicht, die sie irgendwo aus ihrer Tasche geholt hatte. »Hab ich dich endlich!«

Philemon verdrehte die Augen, bevor er in den Arenavorraum lief, um alles vorzubereiten. Desirée kicherte. »Ich sag doch, mir entkommt niemand.«

Wir folgten Philemon und den anderen, um uns fertig zu machen.

Als ich meine Aphrodite-Weste festzurrte, raunte Desirée mir zu: »Ich schwöre dir, wenn du dich innerhalb von zwei Sekunden treffen lässt …«

Die Drohung war unmissverständlich. Es gab da mal einen Titanen, Prometheus, der ein paar Regeln gebrochen hatte. Als Strafe war er an einen Stein gefesselt worden, wo seit Jahrhunderten Adler auf ihn einpickten. Das wäre wohl milde im Vergleich zu dem, was Desirée mit mir machen würde.

»Ich geb mein Bestes. Hier geht's schließlich um die Liebe!«, versprach ich. Jetzt hieß es alles oder nichts.

Kapitel 21

HIT ME WITH YOUR BEST SHOT

Es tat mir wirklich leid, dass Desirée mit mir ein Team sein musste. Da meine Unsichtbarkeitstaktik auffallen würde, hatte sie in den ersten Minuten wirklich viel damit zu tun, mich zu beschützen. Zum Glück konnte sie das ziemlich gut. Desirée, das Mädchen, das überall gleichzeitig sein konnte, scheinbar über sechs Arme verfügte und schnell war wie der Wind. Eine Art menschliches Schutzschild. Ich fühlte mich wie unter einer Glocke, von der alle Laserstrahlen abprallten, und immer wenn jemand auf mich zielte, war sie schon da.

Irgendwann schob sie mich vollkommen erschöpft hinter eine Wand. »Das geht so nicht weiter!«, beschloss sie. »Wir brauchen eine Strategie.«

Ich stimmte ihr vollkommen zu. Einige Teams waren mittlerweile ausgeschieden, was uns echt entgegenkam. Andere nahmen es gar nicht so ernst. Mia und Dominik etwa hatten wir knutschend in einer Ecke entdeckt. »Viele sind ja nicht mehr übrig«, meinte ich hoffnungsvoll.

Doch Desirée hob den Finger. »Hörst du das?« Ich lauschte. Ein paar Phasergeräusche, dann enttäuschte Ausrufe, als schon wieder ein Team raus war. »Das sind die Todesschreie unserer Feinde«, erklärte Desirée. »Und wenn wir nicht auch zu ihnen gehören wollen, müssen wir schlau sein.«

Woah, wer bist du, und was hast du mit Desirée gemacht? Offenbar brachte Lasertag ihre dramatische Seite hervor.

»Okay«, flüsterte ich eingeschüchtert.

In dem Moment sah ich, wie Julius sich an sie heranpirschte. Desirée bemerkte ihn nicht. Das war neu. Julius hob den Phaser. Aber ich war schneller.

Das befriedigende »Game over«-Geräusch erklang, und Julius ließ die Arme sinken. »Och, menno.«

Desirée drehte sich perplex um, gerade als Maike, seine Teampartnerin, heranlief. »Julius, ist das dein Ernst?«, schimpfte sie. Sie entdeckte Desirée und mich und hob ihren Phaser, obwohl sie laut den Regeln ja bereits ausgeschieden war. Natürlich ließ Desirée sie nicht so frech sein, das zu ignorieren. Mit zweimal Drücken auf ihrem Abzug ging auch Maike Game over.

»Geschummelt wird nicht!«, feixte Desirée, als die beiden davontrotteten.

»Danke dir«, sagte sie dann zu mir.

Ich legte mir den Phaser triumphierend über die Schulter. »Zielen kann ich.«

Desirée ignorierte meine coole Pose, lehnte sich an meinen Rücken und feuerte auf irgendwen hinter mir. Ein »Game over« und ein Fluch ertönten, als wieder jemand aufgeben musste. Okay, so könnte es klappen!

Meter für Meter schlichen wir Rücken an Rücken durch die Gänge. Gerade tönte aus den Boxen eines der schönsten Liebeslieder überhaupt: *All You Need Is Love* von den Beatles. Es war Zeit, sich zu verlieben! Leise summte ich mit.

Wenn wir richtig gezählt hatten, waren außer uns nur noch Philemon und Leila im Spiel. Dass die beiden noch drin waren, sahen wir als unrüttelbare Tatsache an, schließlich war Philemon wie seine Schwester fast unschlagbar. Der ließ sich nicht treffen.

»Kannst du sie irgendwie mit deinem Liebesradar orten?«, zischte Desirée mir zu.

»Hier ist gerade ein halbes Dutzend Pärchen in der Gegend, wie soll ich da eine einzelne Verliebte finden?« Obwohl die meisten Paare längst draußen waren (außer denen, die weiterhin hinter den Stellwänden knutschten), knisterte ihre Liebesenergie noch in der Luft.

Ich spähte über eine der Stellwände, weil ich eine Bewegung wahrnahm. Schnell setzte ich meine Flügelschuhe ein, doch Desirée packte mich und zog mich runter. »Ich hab gesagt, geschummelt wird nicht.«

»Vorhin hat dich das auch nicht gestört!«

»Ja, da warst du aber unsichtbar.«

Wo war da der Unterschied? Ich unterschätzte wohl mal

wieder, wie wichtig Desirée ihr Ruf war. Wenn ich allein schummelte, war das okay, aber *sie* würde man dabei nicht erwischen.

»Na gut. Jedenfalls war das da gerade Leila.«

»Sag das doch gleich!« Desirée rannte so schnell los, dass ich Schwierigkeiten hatte hinterherzukommen.

Wir liefen um die Ecke, und da war sie: Leila, ganz allein. Perfekt. Philemon liebte es zu gewinnen, besonders gegen seine Schwester, wie Desirée erzählt hatte. Und wenn Leila uns markierte und Philemon und ihr den Sieg brachte, dann wäre das für ihn der ideale Moment, um zu bemerken, wie toll sie zu ihm passte.

Leila entdeckte uns sofort. Sie richtete den Phaser auf uns. Wir rissen die Hände hoch.

»Warte, warte!«, rief ich – und war überrascht, dass sie auf mich hörte.

»Was habt ihr vor?«, flüsterte Leila.

»Wo ist Philemon? Er muss sehen, wie du uns ausschaltest.«

Leila stutzte kurz. »Ähhh …«

Doch schon rannte Philemon um die Ecke. »Leila!«, schrie er, und lautlos formte Desirée den Befehl »Jetzt!« mit den Lippen.

Zum Glück verstand Leila und drückte ab.

Lasersalven prasselten auf uns ein, und das bekannte »Game over«-Geräusch ertönte. Desirée und ich grinsten nur.

Das Licht ging an, und der Lautsprecher verkündete Leila und Philemon als Gewinner.

Leila drehte sich zu Philemon um, strahlend – und war vollkommen überrumpelt, als Philemon sie prompt in eine feste Umarmung schloss, die sie buchstäblich von den Füßen zog.

»Du hast es geschafft! Du hast Desi ausgeschaltet!«, rief er. »Wie hast du das angestellt?«

Er ließ sie los und schaute ihr direkt in die Augen.

Und da, endlich, spürte ich sie. Die Magie. Das Knistern dieses Moments. Seine eigene Liebesenergie. Ich hatte diesmal kaum Zweifel, dass sie eindeutig von ihm ausging und nicht von Leila. Desirée hatte recht gehabt, er mochte sie wirklich! Es hatte sich gelohnt dranzubleiben. Philemons Liebesaura vermischte sich mit Leilas. Meine ersten Verliebten. Ich hatte es fast geschafft. Die Beine knickten mir bereits weg, so überwältigend war das alles. Ich glaube, ich hatte mich noch nie so sehr für zwei Menschen gefreut. Gleich würde es so weit sein.

Philemons Gesicht wandelte sich von breitem Siegerstrahlen zu etwas anderem. So als würde er Leila zum allerersten Mal sehen. Und sie erwiderte es. Leilas Pfeil pulsierte rosarot. Durch die Musikboxen dröhnte passenderweise ein Lied übers Küssen. Und die beiden schienen die Aufforderung zu verstehen.

Desirée zog an meinem Ärmel und bedeutete mir, dass wir uns zurückziehen sollten. Der Moment gehörte Leila und Philemon. Das wusste ich, aber es war so schwer, sich von dieser Liebe zu entfernen. Widerwillig schlich ich langsam rückwärts. Leise holte ich meinen Bogen hervor. Der Zeitpunkt war gekommen, um Philemon mit der Magie der Liebe zu treffen. Und diesmal würde mich niemand von seinen Kumpels ablenken.

Ich konzentrierte die Liebesmagie aus mir heraus über die Arme auf meine Hände, dort, wo sonst der Pfeil lag; flüsterte leise Leilas Namen, widmete mich ganz der ersten Liebe der zwei Menschen vor mir.

Die Köpfe von Leila und Philemon bewegten sich aufeinander zu. Oh Götter! Wurde das ihr erster Kuss? Das passierte gerade wirklich. Es war wie ein Theaterstück, eine perfekt aufgeführte Oper. Und wenn ich es schlau anstellte, würde die Liebe Philemon in dem Moment treffen, wenn sich ihre Lippen berührten. Alles knisterte in mir. Nur noch wenige Millimeter …

Ich spannte den Bogen etwas weiter – und stieß dabei aus Versehen gegen eine der Stellwände, was leider ein leises Geräusch machte. Das lenkte Philemon ab, und er wandte sich um.

Oh! Doch Philemon sah gar nicht mich an, sondern Desirée neben mir. Sein Blick veränderte sich. Als hätte er gerade etwas erkannt. Plötzlich trat er zurück, löste sich von Leila, unterbrach die Magie.

Was zum Hades? Was tat er denn da? Sie hatten sich fast geküsst, es hätte nicht mehr viel gebraucht! Was war in ihn gefahren? Und Leila? Sie stand da wie gelähmt und verstand die Welt nicht mehr. Ich auch nicht. Niemand verstand die Welt. Die Welt verstand sich selbst nicht.

»Gutes Spiel«, stammelte Philemon und warf Desirée einen aufmunternden Blick zu. Sie starrte fassungslos zurück.

Aus Leilas Gesicht wich die letzte Hoffnung, die sie noch gehabt hatte. Das Licht ihres Pfeiles erlosch langsam, und er begann zu zittern. Ich hatte nur wenige Sekunden, bis er brach.

Ich warf alles über Bord, wovor Paps mich gewarnt hatte, es war mir egal. Ich musste diese Liebe retten, diesen Pfeil retten, koste es, was es wolle. Meine Zukunft hing davon ab. Und die von Leila und Philemon.

Er musste wissen, dass sie in ihn verliebt und sie füreinander bestimmt waren. Ich ließ die wilde Liebesmagie in meinem Bogen los und schickte sie Richtung Philemon. Doch schon in der Sekunde, als ich sie befreite, spürte ich, dass etwas schiefging. Sie flog nicht zu ihm, sondern unkontrolliert in alle Himmelsrichtungen, wie eine Monsterwelle nach einem Meteoriteneinschlag. Sie fegte durch die Halle und hinterließ nichts als Zerstörung. Ich taumelte zurück und musste mich an einer Wand abstützen. Sterne tanzten vor meinen Augen, mein ganzer Körper kribbelte, so heftig war die Wucht gewesen.

Ich hörte Desirée keuchen. »Valentina, was hast du getan?«

Langsam wurde meine Sicht wieder klar, und dann sah ich es. Auf allen Stellwänden prangte in grellpinker Neonschrift immer derselbe Satz, für alle zu lesen, umgeben mit pinken Herzen. Genauso auf den Monitoren, die auch im Vorraum angebracht waren. Alle wussten jetzt Bescheid.

»Leila liebt Philemon.«

Kapitel 22

I WANT TO KNOW WHAT LOVE IS

Es war still. Viel zu still. Nicht einen Finger konnte ich rühren, selbst meine Gedanken waren wie eingefroren. Ich war das gewesen. Ich hatte diese absolut furchtbare Katastrophe heraufbeschworen und konnte sie nicht mehr ungeschehen machen. So was passierte also, wenn man die Liebe nicht bündelte. Das musste auch Star passiert sein. Und jetzt war ich nicht besser als er.

»Was ... was ist das?«, stammelte Leila. Dann sah sie zu uns. Philemon tat es ihr gleich. Er kapierte wohl, dass nicht Leila das hier zu verantworten hatte.

Still musterte er die Schriftzüge, las jedes Wort einzeln und langsam. Das schrille Geständnis, das die Atmosphäre schwer wie Blei machte. Langsam wandte er sich wieder Leila zu. »Stimmt das?«

Leila war wie schockgefroren. Die pure Panik stand ihr ins Gesicht geschrieben.

»Ich …«, fing sie an, konnte aber nicht weitersprechen. Doch das war ihm wohl Antwort genug.

Philemon öffnete den Mund, um etwas zu sagen, als plötzlich die anderen Partygäste zu uns hereinstürmten.

»Phil, was ist das denn für eine Aktion?«, rief Felix und blieb abrupt stehen, als er Leila neben Philemon vorfand. »Oh, Scheiße!«, entfuhr es ihm, und er lachte auf.

»Wie peinlich!«, quietschte Elizabeth.

Leila war den Tränen nahe. Nicht nur, dass jetzt alle ungewollt von ihrer Liebe zu Philemon wussten – sie war auch dem Gespött preisgegeben.

Philemon musste sie daraus retten. Er war der Einzige, der es konnte. Ich flehte ihn stumm an. Bitte! Sag ihr, dass du auch in sie verliebt bist. Bitte zeig mir, dass meine Magie nicht völlig danebengegangen ist.

Philemon sah Leila an und dann ausgerechnet zu Desirée. Warum zu ihr? Er seufzte, so wie man seufzte, wenn man eine lebensverändernde Entscheidung trifft. Dann wandte er sich wieder an Leila.

»Es tut mir leid, Leila. Aber … du bist meine beste Freundin. Und … und auch nur das.« Der letzte Teil war nur ein Flüstern, aber er hing in der Luft wie ein Knall.

Mit einem fürchterlichen, fürchterlichen Knacken zerbrach der Pfeil, und die Reste zerbröselten in der Luft. Und mit ihm Leilas und meine letzte Hoffnung. Ich hatte mich getäuscht. Es war nicht Philemons Liebesenergie gewesen. Er war nicht in Leila verliebt.

Leila schossen die Tränen in die Augen, und sie bahnte sich den Weg durch die Menge nach draußen, während sie laut schluchzte.

Philemon versuchte nicht mal ihr nachzulaufen. Seine Kumpels umringten ihn. »Wow, eiskalt hast du sie abblitzen lassen!«, kommentierte Felix.

»Ist aber auch echt eine verzweifelte Aktion!«, meinte Saidun. »Als hätte die eine Chance bei dir.«

Sie zogen Philemon mit sich in den Vorraum der Halle, gefolgt von den anderen Partygästen.

Ich jedoch wollte Leila nach. »Leila!«, rief ich.

Doch da bohrten sich Fingernägel so tief in meinen Arm, dass ich zusammenzuckte und stehen blieb. »Auu!«, brachte ich hervor.

»Sag mal, spinnst du?«, fauchte Desirée mich an. »Was sollte das denn?«

Ich schob ihre Hand weg, was sie zuließ. »Ich wollte nicht, dass das passiert! Der Pfeil war dabei zu zerbrechen. Ich musste etwas tun, und da hab ich meine Liebesmagie losgelassen! Und dann ist sie außer Kontrolle geraten.«

»Ja, und wie sie das ist! Ich dachte, du wärst eine Liebesgöttin, solltest du so etwas nicht beherrschen?«

Jetzt wurde ich wütend. »Ich hab dir tausendmal gesagt, dass es gefährlich ist. Ist aber eh egal, denn offensichtlich schwärmt Philemon eben nicht für Leila. Hätte ich das gewusst, hätte ich mir das alles sparen können.«

Das war gemein. Natürlich war mir Leila ans Herz

gewachsen. Doch irgendwo ging es auch um meine Prüfung.

Desirée fuhr sich durch die Haare und übers Gesicht. Die Schminke klebte jetzt an ihren Händen. »Natürlich mag er sie. Er traut sich nur nicht, es vor seinen blöden Freunden zu sagen.«

»Das ergibt überhaupt keinen Sinn!« Ich verlor die Geduld. »Warum sollte er denn darüber lügen? Vor allem wenn er damit Leila nur noch mehr bloßstellt?« Ich atmete tief ein und aus. Menschen! »Philemon hegt keinerlei romantische Gefühle für Leila. Ihr Pfeil ist kaputt. Also müssen wir jemand anderen finden, mit dem er zusammen sein kann. Damit er glücklich wird. Und damit ich meine Prüfung schaffe.«

Desirée schnaubte ungläubig. »Ist das dein Ernst? Du denkst nur an deine blöde Prüfung! Und wie es Philemon und Leila geht, ist dir egal. Du hast ihre Freundschaft unwiederbringlich zerstört, jetzt, da Philemon weiß, dass Leila in ihn verliebt ist, und er ihr das Herz gebrochen hat. Das wird ihr viel zu sehr wehtun, und er wird sich total schuldig fühlen. Genau davor hatte Leila solche Angst!« Sie holte kurz tief Luft. »Dafür, dass du eine Liebesgöttin bist, verstehst du erstaunlich wenig von Liebe!« Sie drehte sich um und ging davon.

Alles würde ich mir unterstellen lassen, alles! Aber nicht, dass ich nichts von Liebe verstand. Ich war Amors Tochter und damit praktisch eine Personifikation der Liebe!

Also passierte das, was immer geschah, wenn man das Ego von Gottheiten verletzte, und immerhin war ich eine: Ich explodierte. »Und für jemanden, der keine Ahnung hat, was

Liebe und Romantik überhaupt sind, bildest du dir ganz schön ein, eine Expertin darin zu sein!«, brüllte ich ihr hinterher.

Desirée blieb stocksteif stehen und drehte sich um. »Was hast du gerade gesagt?« Sie marschierte zurück zu mir. »Was meinst du damit?«

Das wusste sie doch ganz genau.

»Etwa, weil ich keinen Freund habe? Deswegen verstehe ich nichts von Liebe?«

Das traf es zwar nur bedingt, aber: »Ja. So in etwa.«

Sie ballte die Fäuste. »Tja, da irrst du dich. Liebe ist mir extrem wichtig!«

»Ach ja?« Das war etwas, was ich wirklich nicht verstand. »Warum interessierst du dich für Liebe, obwohl es dich nicht betrifft?«

»Wie? Weil ich meinen Bruder verkuppeln will?«

»Nein«, sagte ich und schüttelte den Kopf. »Ich meine die Wahrheit, warum du mir hilfst.«

Desirée öffnete überrascht ihre Fäuste. »Was?«

Sie hatte gesagt, sie wolle, dass ihr Bruder eine Freundin fand. Und ich hatte es nicht weiter hinterfragt, obwohl es mir von Anfang an komisch vorgekommen war. Das konnte nicht der einzige Grund gewesen sein. Desirée war so unfassbar leidenschaftlich dabei gewesen. Sie hatte deswegen ihre Freundinnen vernachlässigt, sich die ganze Party über aufs Verkuppeln konzentriert, und auch alle Spiele hatten nur diesen einen Hintergrund gehabt. Da steckte mehr dahinter, als dass sie ihrem Bruder oder mir helfen wollte. Oder, weil ihr Liebe wichtig war.

»Du hättest mir nicht helfen müssen. Das ist meine Prüfung. Du hast nichts davon, wenn ich es schaffe. Und ehrlich gesagt bringt es dir auch ziemlich wenig, wenn Philemon glücklich mit Leila zusammen ist. Warum also tust du es?«

Die Wut war aus Desirée gewichen, so plötzlich, wie Luft aus einem Ballon weicht. Jetzt war da etwas anderes. Etwas Neues. Unsicherheit.

»Das stimmt nicht, dass ich nichts davon habe«, sagte sie.

»Und was soll das sein?« Hatte ich ihr irgendwas versprochen? Hatte sie mich irgendwie übers Ohr gehauen? Mir fiel nichts ein.

Desirée trat von einem Bein aufs andere. »Du hast gesagt, wenn du Liebesgöttin wirst, kannst du auch anderen helfen, sich zu verlieben.«

»Jaaaaa ...?«

»Und da dachte ich ...« Sie holte tief Luft. »Ich dachte, wenn du Liebesgöttin bist, dann könntest du als Nächstes mir dabei helfen, mich zu verlieben und einen Freund zu finden.«

Unter allen Dingen, die ich erwartet hatte, war das nicht dabei gewesen. Überhaupt nicht. Ich brauchte einen Moment, um es zu kapieren. Ich sollte ihr als Liebesgöttin die romantische Liebe bringen? Aber das ging doch gar nicht!

»Du willst einen festen Freund?«, stammelte ich.

»Natürlich!«, rief Desirée. »Glaubst du, es gefällt mir, dass ich die Einzige meiner Freundinnen bin, die Single ist? Natürlich nicht! Ständig machen sie Pärchenkram und turteln rum. Sie hängen nur noch mit ihren Partnern ab und machen sogar Doppeldates ohne mich, weil ich ja niemanden habe. Das ist so ätzend. Ich … ich hab das Gefühl, ich gehöre nicht dazu. Bin ihnen nicht mehr genug.«

Sie wollte sich also selbst etwas vorspielen, nur um dazuzugehören. Das schien ein Ding bei menschlichen Teenagern zu sein. Beliebtheit und Dazugehören waren das Wichtigste. Und dafür musste manchmal eben ein Partner her. Selbst wenn jemand wie Desirée sich dann verleugnete und litt. Genauso wie der Partner sicherlich auch. Gut geplant hatte sie das ja, das musste ich zugeben. Mich zur Liebesgöttin werden zu lassen, um ihr Problem zu lösen.

»Ich hab schon gemerkt, dass dir das nicht gefällt«, gab ich zu. Langsam wurde mir einiges klar. Die ganzen genervten Blicke und warum es sie so verletzt hatte, als ich zur Pärchenrunde ausgerufen hatte. Und auch, warum sie es gar nicht schlimm fand, mit mir abzuhängen und nicht mit ihren Freundinnen. So konnte sie der Situation erst mal aus dem Weg gehen und trotzdem wissen, dass es nicht für immer war. Wenn sie mir half, würde es ihr bald wieder Spaß machen, mit ihren Freundinnen Zeit zu verbringen. Sobald ich ihr als Liebesgöttin einen Freund besorgt hatte. Als könnte sie mich einfach benutzen, wie es ihr gefiel!

»Aber du willst nur einen Freund, um dazuzugehören? Hast du echt geglaubt, ich würde da mitmachen? Vergiss es! So was mache ich als Liebesgöttin nicht!«

Doch zu meiner Überraschung schüttelte Desirée den Kopf. »Ja. Ich meine, nein. Das ist nicht alles. Elizabeth und Mia reden die ganze Zeit davon, wie toll es ist, verliebt zu sein. Von den Schmetterlingen und dem Herzklopfen, wenn alles kribbelt und du nur noch an diese Person denken kannst und einfach nur glücklich bist. Das sehe ich doch auch bei Leila. Und du redest ja auch so! Aber ich hatte das noch nie. Ich will wissen, wie sich das anfühlt. Nur hab ich bisher nicht den richtigen Jungen gefunden. Alle, die ich kennenlerne … passen irgendwie nicht. Nichts kribbelt. Da ist kein Herzklopfen. Nicht so richtig jedenfalls. Aber mit deiner Hilfe und deinen Pfeilen werde ich mich ja endlich richtig verlieben können!«

Es dauerte sehr lange, bis diese Info bei mir im Hirn ankam. Desirée wollte sich verlieben. Sie wollte das alles. Sie war nicht genervt gewesen von ihren Freundinnen, sondern neidisch. Sehnsüchtig.

»Aber Desirée«, sagte ich vorsichtig. »Das kann ich bei dir nicht.«

Desirée schien seltsam verwirrt von meiner Aussage. »Wa… warum denn nicht?«

Mich beschlich ein furchtbarer Verdacht. War das möglich? »Heißt … heißt das, du weißt das gar nicht über dich?«

Desirées Verwirrung war jetzt in Panik umgeschlagen. »Was weiß ich nicht?«

»Desirée.« Ich holte tief Luft. »Du kannst dich nicht verlieben. Der Pfeil ist von dir abgeprallt und zerbrochen. Das hatte nichts damit zu tun, dass Philemon dein Bruder ist – sondern mit dir selbst. So was passiert nur bei aromantischen Menschen. Wie dir.«

Desirée sah mich entsetzt an. »Aro-was?«

Selbst bei diesem kleinen Wort brach ihre Stimme. Und das bestätigte meine Vermutung. Desirée hatte noch nicht gewusst, dass sie aromantisch war. Das war etwas, was ich in all der Zeit nicht mit einberechnet hatte.

»Aromantisch, also nicht in der Lage zu sein, romantische Liebe zu empfinden. Du weißt schon. So wie Heterosexuelle sich in das andere Geschlecht verlieben und Homosexuelle in das eigene. Und du halt … in gar keins. Also, grob gesagt, wenn man die Spektren außen vor lässt.«

Desirée verzog den Mund zu einem Lächeln. Es war diese panische Art von Lächeln, wenn man etwas nicht glauben will. »Aber das bin ich nicht. Da verstehst du was falsch. Ich find Jungs gut, das weiß ich.«

»Das ist auch möglich. Aber aromantisch bist du trotzdem. Glaub mir. Sonst wäre der Pfeil nicht abgeprallt.«

Desirées Unterlippe zitterte. Das musste sie jetzt sicherlich erst einmal verarbeiten. Aber langsam kam wohl etwas an, eine Art Verstehen.

»Du wusstest das die ganze Zeit und hast es mir nicht gesagt?«, fragte sie schließlich.

Ich hob entschuldigend die Schultern. »Tut mir leid. Ich dachte, dass du es wüsstest, und fand es auch nicht so wichtig. Ist ja ganz normal.«

»Normal?«, kreischte Desirée. »Daran ist gar nichts normal. Was soll denn daran normal sein? Jeder kann sich verlieben, nur ich nicht!«

»Ehrlich gesagt sind ganz schön viele Menschen auf der Welt aromantisch …«, fing ich an, doch sie hörte mir nicht zu.

»Woher soll man so was wissen?«, unterbrach sie mich.

Sie war jetzt völlig panisch und sah aus, als würde sie alle

Momente ihres Lebens durchanalysieren. Sie noch mal genau durchgehen. Und entschied, dass ich recht hatte.

»Wie soll man denn begreifen, dass etwas fehlt, was man nie kannte? Vor allem wenn alle dir vorleben, dass hetero das Normale ist.«

Und da verstand ich meinen Fehler. Einen Fehler, weil ich in einer anderen Welt aufgewachsen war, in einer Welt der Götter. Und nicht in der von Menschen.

»Für Götter ist das einfach nicht so wichtig«, sagte ich als Entschuldigung. »Wir leben und respektieren einfach alle Sexualitäten, ohne uns viele Gedanken zu machen. Weil es doch auch nichts Schlechtes ist. Mein Vater lebt seit Tausenden von Jahren und hat schon alles Mögliche gesehen, alle Wunder der Liebe, egal, zwischen wem.«

»Quatsch! Natürlich ist es etwas Schlechtes!«, rief Desirée. »Ich werde mich niemals verlieben und für immer einsam und allein bleiben, während alle wild rumknutschen, Familien gründen und all das. Ich bin ein Freak. Wie kannst du so ruhig bleiben? Wie kannst du mir so was verschweigen?« Sie riss sich die Weste vom Körper und warf sie auf den Boden. »Ich hoffe, niemand ist so dumm, dir jemals zu erlauben, Liebesgöttin zu werden! Ich will nie wieder irgendwas über Götter hören, und dich will ich nie wiedersehen. Und *jetzt* kümmere ich mich um Leila!«

Sie stürmte davon. Diesmal hatte ich nicht die Kraft hinterherzurennen. Ihre Worte taten weh, sie meinte sie auch so. Und vermutlich hatte sie mit einigen Punkten auch recht.

Ich wusste wirklich nicht viel über Menschen. Über ihre Ängste und Sorgen. Es kam mir nicht mal in den Sinn, dass

Desirée unter der Aromantik leiden könnte. Oder um eine Freundschaft bangte. Der Schmerz, wenn die Zukunft, die man sich ausmalte, vor allem mit jemandem als Partner, nicht eintreffen würde. Und ganz besonders das mit Leila und Philemon hatte ich richtig vermasselt. Dass sie nicht zusammen waren, war ganz allein meine Schuld. Dabei hatte ich Aphrodite noch so überheblich gesagt, wie wichtig die erste Liebe sei. Vielleicht hatte Desirée recht, und ich sollte wirklich keine Liebesgöttin werden.

Kapitel 23

UN-BREAK MY HEART

Die anderen Jugendlichen hatten ihre Feierei im Vorraum wieder aufgenommen. Sie tranken etwas, spielten Laserdart, tanzten zur Musik oder tauschten Küsse. Nur feierten eben nicht die beiden, denen ich es am meisten gewünscht hätte. Einige warfen mir abschätzige Blicke zu, als ich mich Richtung Tür schlängelte. War etwa allen klar, dass ich an den Schriftzügen schuld war? Wie das denn?

Ich fühlte mich ziemlich genau so, wie ich mich nach dem ersten Schultag gefühlt hatte. Alle fanden mich seltsam, und wieder waren Desirée und Leila sauer auf mich. Es hatte mich damals schon verletzt, aber vor allem hatte ich darum gefürchtet, meine Prüfung nicht zu bestehen. Doch jetzt tat es auf eine ganz andere Weise weh. Leila und Desirée waren mir ans Herz gewachsen. Wahrscheinlich hätten wir sogar Freundinnen werden können. Und das hätte ich sogar gewollt. Aber das war jetzt keine Option mehr.

Ich trat in die kühle Abendluft vor der Halle, wo sich ausnahmsweise niemand aufhielt. Zeit, nach Hause zu gehen und Paps und Oma zu beichten, dass sie recht mit mir gehabt hatten. Ich war noch nicht so weit.

»Hey, Valentina, gehst du schon?«

Offenbar war ich doch nicht so allein, wie ich gedacht hatte. Ganz in der Ecke auf einer Bank saß Philemon. Auf seinem Schoß hielt er die Pflanze, die Leila ihm geschenkt hatte, und zupfte traurig an den Blättern. Seine orange Schminke war verwischt.

Er sah aus wie ein Häufchen Elend. Offenbar nahm ihn die Sache sehr mit.

Ich setzte mich neben ihn. »Ja, ist wohl das Beste. Desirée ist ziemlich sauer auf mich.«

Er runzelte die Stirn. »Auf dich? Wieso das denn?«

Oh, okay. Er gab mir wohl nicht die Schuld daran, dass überall die Neonschrift prangte. Und er wusste ja auch nicht, dass wir sie hatten verkuppeln wollen.

»Ach, wegen der ganzen Sache und so. Ist ein ganz schöner Tumult.«

Philemon nickte traurig. »Ja. Tut mir leid, dass dein erstes Lasertag so endet.« Er schenkte mir ein Lächeln, das seine Augen nicht erreichte. Der gute Philemon. Dachte als Erstes an die Gefühle der anderen.

»Das ist ja nicht deine Schuld!«

»Na ja, ein bisschen schon, schätze ich.«

Gut, ja, auch da hatte er recht. Vielleicht war er sogar mehr schuld als nur ein bisschen.

Ich schwieg, beobachtete nur, wie er über die Blätter der Pflanze strich. »Echt doof, dass du auf diese Weise erfahren hast, dass Leila in dich verliebt ist. Das hätte sie dir selbst sagen sollen, wenn sie bereit ist.«

Philemon ließ von den Blättern ab und atmete tief durch.

»Ehrlich gesagt wusste ich das schon.«

Ich blinzelte. »Was?«

Er lachte, aber es klang etwas hohl. »Na ja, ich hab es geahnt. So wie sie sich die ganze Zeit verhält. Und als du dann aufgetaucht bist mit meiner Schwester und ihr so komisches Zeug abgezogen habt – und das, nachdem du mich ja direkt nach meinem Liebesleben gefragt hast an deinem ersten Tag. Da dachte ich mir schon, dass da irgendwas im Busch ist. Ich kriege schon ein paar Dinge mit, weißt du.«

Und ich hatte immer geglaubt, Philemon würde das alles einfach nicht checken. Noch ein Fehler auf meiner langen Ich-hab's-vergeigt-Liste.

»Oh«, antwortete ich nur. Dann machte es klick in meinem Kopf.

Moment mal!

Er hatte es gewusst?! Die ganze Zeit! Desirée und ich hätten uns den ganzen Aufriss sparen können?

»Warte, warte, warte, warum hast du dann nichts gesagt? Ich meine, wenn du Leila einmal zur Seite genommen und ihr erklärt hättest, dass du nichts für sie empfindest, wäre das zwar immer noch schmerzlich für sie. Aber dann hätten wir jetzt nicht diese krasse Katastrophe!«

Er strich zärtlich über die Pflanze, seine Finger zitterten. Dann flüsterte er, so leise, dass ich ihn fast nicht hören konnte: »Aber das wäre ja eine Lüge gewesen.«

Blitzschnell beugte ich mich näher zu ihm. »Eine was bitte?«

Seufzend stellte Philemon die Pflanze neben sich.

»Die Wahrheit ist, ich mag Leila auch. Wirklich. Vielleicht bin ich sogar in sie«, er grinste, »verliebt.«

Ich schnappte nach Luft. Oh, meine Götter! Er hatte es gesagt! Ich hatte mich nicht geirrt. Ganz deutlich spürte ich jetzt die Liebesenergie, die von ihm ausging. Ganz sicher und glasklar nur von ihm. Ich hatte doch recht gehabt in der Arena. Das war unfassbar, und ich war so glücklich. Nicht mal korrigieren wollte ich ihn, dass er ohne Pfeil ganz sicher nicht verliebt war.

»Leila ist wirklich toll und witzig, und ich liebe es, wie wir die gleichen Sachen mögen«, fuhr er fort. »Wie wir an denselben Stellen lachen und schweigen.« Er grinste ein bisschen breiter und sah dann verlegen zu Boden, seine Wangen färbten sich tiefrot. »Und sie ist voll hübsch. Und so schlau! Wusstest du, dass sie alle lateinischen Namen der einheimischen Laubbäume kennt? Oder dass sie niesen muss, wenn sie zu lange lacht? Ist ihr peinlich, aber ich finde es richtig süß.«

Hallo, Sanitäter, ein Sauerstoffzelt für diese Nachwuchsliebesgöttin bitte! Ein Sauerstoffzelt! Je länger er sprach, desto größer und wärmer wurde seine Liebesenergie. Desirée hatte vollkommen richtiggelegen. Blieb nur eine Frage …

»Aber warum hast du dann gerade gelogen?«

Lautes Lachen und Johlen tönten von innen aus der Halle. Die anderen schienen sich prächtig zu amüsieren. Moment, könnte auch hier vielleicht Desirées Theorie stimmen?

»Etwa wegen dieser Idioten?«, beantwortete ich meine eigene Frage und deutete Richtung Eingang. »Weil die Leila peinlich finden und du dich nicht traust, für sie einzustehen?«

Er hob abwehrend die Hände. »Nein, oh Gott, nein! Doch nicht wegen denen! Mir ist es so was von egal, was die sagen oder denken. Obwohl … ich Leila wohl wirklich nicht besonders gut verteidigt habe.«

Eher gar nicht. Aber Selbsterkenntnis ist ja bekanntlich der erste Schritt zur Besserung.

»Warum denn dann?«, fragte ich.

Er zögerte. Endlich gestand er: »Na, wegen Desirée.«

Mein Hirn gab nun endgültig auf, Menschen verstehen zu wollen. Die Synapsen krachten einfach in sich zusammen und ließen mich vollkommen ratlos zurück. »Was hat Desirée damit zu tun?«

»Sie hat ja niemanden, als Einzige in ihrem Freundeskreis. Und ich weiß, wie sehr sie das stört und wie sie es sich wünscht. Da wäre es doch die totale Folter für sie, wenn ich eine Freundin hätte und sie ständig bei uns wäre. Ich kann es ihr nicht antun, meine Beziehung vor ihr herumzuparaden. Meine Schwester ist wichtiger als Liebe.«

Es war wirklich süß, was er sagte. Wirklich. Aber hier zeigte sich ein sehr eklatantes Problem, was die Menschen anscheinend alle hatten und bei dem ich große Lust hatte, mir die Haare einzeln auszurupfen. Oder noch lieber ihnen. Nämlich: Sie sprachen einfach nicht miteinander.

Gut, Desirée hatte das mit ihrer Aromantik nicht gewusst, und somit wusste Philemon es auch nicht. Und ja, Desirée war unglücklich, und ich verstand auch, wieso er sie nicht noch mehr verletzen wollte. Und, meine Götter, wünschte ich mir gerade, ihn zum Bruder zu haben, denn meiner eigenen Schwester war es immer schnurzpiepegal gewesen, wie schlimm ich es fand, noch keine Liebesgöttin zu sein, und hatte mir fröhlich unter die Nase gerieben, dass sie eine war. Aber eine Sache hielt mich dann doch davon ab, Philemon sofort die Bruder-Adoptionspapiere unter die Nase zu halten: Er hatte nicht gemerkt, wie wenig Desirée seine Liebelei stören würde. Im Gegenteil. Da kannte ich seine Schwester wohl ausnahmsweise besser.

»Du weißt schon, dass es ihre Idee war, dich mit Leila zu verkuppeln, oder?«, sagte ich.

Philemon starrte mich an. »Was?«

Wow, er konnte ja tatsächlich richtig überrumpelt gucken. »Offensichtlich. Ich meine, die erste Idee kam von mir, aber ich hab mir das ganz sicher nicht alles allein ausgedacht. Sie fand, du und Leila seien perfekt füreinander, und war überzeugt, dass ihr einander mögt. Diese ganzen Spiele heute waren nur dazu da, um euch zu verkuppeln. Sie war wirklich ziemlich leidenschaftlich dabei. Was hast du denn gedacht, warum sie ständig mit mir rumhing?«

»Ich … ich weiß nicht«, stammelte Philemon. »Ich dachte … keine Ahnung. Sie ist halt nett zur Neuen. Aber das heißt ja …«

»Dass du ruhig mit Leila zusammenkommen kannst.« Ich grinste von Ohr zu Ohr. Valentina, Problemlöserin durch Einfach-miteinander-Sprechen.

Doch statt sofort aufzuspringen, um Leila zu suchen, wie die Verliebten das in Filmen immer tun, schlug Philemon sich die Hände vors Gesicht.

»Was habe ich nur getan?!«, stöhnte er in seine Finger. »Warum hat Desirée mir das nicht gesagt? Warum war ich so blöd?«

Tja, ich sag doch: Reden hätte dieses Problem gelöst. Ich tätschelte ihm die Schulter. »Hey, mach dir keine Sorgen. Wir gehen jetzt einfach zu Desirée und Leila und erklären es ihnen. Es wird alles gut.«

Doch Philemon schüttelte den Kopf. »Das geht nicht. Leila ist sicher sauer auf mich und will nicht mit mir reden. Ich hab ihr das Herz gebrochen und … Oh Gott, ich hab sie vor allen bloßgestellt, ich Idiot.«

Ich wollte es zwar nicht wahrhaben – aber vermutlich hatte er sogar recht, wie mir gerade klar wurde. Denn Leilas Pfeil war zerbrochen, ihre Liebe dahin. Egal, was Philemon ihr sagte, es würde nichts mehr ändern.

»Was soll ich denn jetzt nur tun?«, schluchzte er.

Nein, *er* konnte tatsächlich gar nichts tun. Aber *ich* schon. Ich musste sogar. Schließlich hatte ich das alles verbockt. Also musste ich das alles auch wieder in Ordnung bringen. Die Freundschaft von Philemon und Leila und ihre Liebe. Und auch die Sache mit Desirée. Dafür brauchte ich Liebes-pfeile, denn noch einmal würde ich es ganz sicher nicht ohne probieren. Diese Lektion hatte ich gelernt. Es war mir gerade

sogar herzlich egal, dass ich dadurch meine Prüfung ver-
hauen würde und meiner Zukunft als Liebesgöttin auf
Nimmerwiedersehen sagen konnte. Oder dass Star und die
anderen sich das Maul über mich zerreißen würden. Denn
hier ging es um Liebe, und das war wichtiger.

Kapitel 24

LOVE WILL FIND A WAY

Okay, gaaanz so egal war mir meine Prüfung vielleicht doch nicht. Ich hatte die Lasertagarena mit dem festen Vorsatz verlassen, Paps nach Pfeilen zu fragen und zur Not vor Aphrodite auf die Knie zu fallen und sie anzuflehen. Darum, dass ich zwar keine Liebesgöttin sein könne, aber diesen Schlamassel dringend in Ordnung bringen müsse. Aber auf dem Nachhauseweg kam mir der Gedanke, dass sie es gar nicht so genau zu wissen brauchten. Ich könnte mir die Pfeile sicherlich irgendwie anders besorgen.

Paps lag bestimmt noch auf dem Sofa und guckte den zwanzigsten Liebesfilm, aß das fünfunddreißigste Eis und würde somit gar nichts mitkriegen. Von wegen über tausend Jahre alter erhabener Liebesgott. Er erlag seinem Ego und suhlte sich in seinem Kummer. Und auch wenn ich das mit dem Ego gerade sehr gut nachvollziehen konnte, zeigte mir sein Negativvorbild, dass ich die Dinge lieber selbst in die Hand nehmen sollte: Ich würde zu meinen Fehlern stehen und sie wiedergutmachen, statt mir leidzutun.

Zu Hause angekommen schlich ich also die marmornen Stufen hinab in den Keller, die sich praktischerweise direkt neben dem Eingang befanden. So war ich schon unten, bevor auch nur eine Amorette überhaupt meine Ankunft bemerkt hatte. Dort unten war Paps' riesiges Pfeillager. Denn für die vielen, vielen Menschen deponierten wir dort viele, viele Pfeile.

Ich kam mir ein wenig vor, als würde ich versuchen eine Bank auszurauben, so geschickt schlich ich mich durch die Gänge.

Die Tür zum Lager ganz am Ende des Flurs war zum Glück nicht abgeschlossen. Paps hatte nämlich die Angewohnheit, Schlüssel zu verlegen (er bestritt das), und wollte auf jeden Fall verhindern, dass er keinen Zutritt zu seinem Pfeillager mehr hatte.

Doch trotzdem blockierte mir etwas den Weg. Direkt vor der Tür schwebte eine Amorette. Aber nicht irgendeine Amorette, sondern die größte, wuchtigste und stärkste Amorette von allen. Sie hatte die Größe einer ausgewachsenen Statue, ihr Glockenspiel ähnelte eher der tiefen Oktave einer Orgel, die die Wände erzittern ließ, und wie es physikalisch möglich war, dass sie fliegen konnte, würde wohl ein Geheimnis bleiben. Aus diesem Grund trug sie auch den einzigen Namen, der passend erschien: Brutus, wie so eine bedrohliche Bulldogge. Brutus bewachte das Pfeillager und hielt alle draußen, die nicht mein Vater waren. Und ich war nicht mein Vater.

Trotzdem musste ich es versuchen. Also ging ich ganz selbstbewusst auf ihn zu, sobald er in mein Blickfeld kam. »Hallo, Brutus«, begrüßte ich ihn. »Gut siehst du aus. Alles in Ordnung hier unten?« Brutus gab keinen Mucks von sich. Natürlich nicht.

Schmeichelei brachte bei Amoretten nichts. Bestechung auch nicht. Fragen sowieso nichts. Nur eine Sache versprach Erfolg. Und das war Ablenkung. Um Brutus abzulenken, musste ich auf das ausgesprochen starke Gerechtigkeitsempfinden der Amoretten anspielen.

»Ich brauche deine Hilfe«, sagte ich also, und sofort hörte Brutus mir zu. Er schwebte ein bisschen weniger auf und ab, fixierte mich ein bisschen genauer.

»Mein Vater steckt in Schwierigkeiten.«

Jetzt verkrampfte sich Brutus. Das waren nämlich die perfekten Punkte, um eine Amorette zum Handeln zu überreden. Erstens: um Hilfe bitten. Zweitens: meinen Vater ins Spiel bringen. Drittens: ein Verbrechen ansprechen. Am besten eins, das mit der Arbeit zu tun hatte.

»Er hat einen Einbrecher ertappt, der einen Bogen stehlen wollte.«

Nun war Brutus in heller Aufregung und flatterte bereits an mir vorbei Richtung Kellertreppe. Ein Einbruch war wichtiger als das Pfeillager.

»Er hat ihn oben in seinem Arbeitszimmer eingesperrt«, rief ich Brutus nach. Er sah sich nicht mal zu mir um. Das

Arbeitszimmer war so weit weg, dass Brutus sicher einige Zeit beschäftigt wäre.

Eigentlich ganz schön mies, dass die Amoretten nur auf mich hörten, wenn es um meinen Vater ging. Und vor allem: dass sie mir alles glaubten. Denn Amors Tochter war ja harmlos und würde sie schon nicht anlügen. Ich brauchte dringend meinen eigenen Palast, wenn ich eine Liebesgöttin war. Mit eigenen weiblichen Amoretten. Valentinetten. Ich würde ihnen Namen geben wie Theodosia und Aglaia und Leonora, und sie würden Harfenklänge spielen. Nur meine Wächtervalentinette, Berta, würde klingen wie ein Kontrabass.

Ich kicherte leise, als ich die Klinke zum Pfeillager herunterdrückte. »Hab mich wohl geirrt, der Dieb ist hier unten, und er ist Amors Tochter!«, murmelte ich, bevor ich eintrat.

Kapitel 25

LITTLE ARROWS

Das Pfeillager war geradezu lächerlich sorgfältig sortiert. Der ganze Raum war von hohen Regalen gesäumt, in denen die Pfeile hingen, fein säuberlich nebeneinander in einzelnen dafür vorgesehenen Halterungen. So richtig hatte ich nicht verstanden, warum Paps solchen Wert darauf legte. Er behauptete steif und fest, dass alle Pfeile tatsächlich verschiedene Qualitäten und Fähigkeiten hätten, hatte es mir aber nie genauer erklären wollen. Ich hatte den Verdacht, dass er sich nur wichtigmachen wollte. Zwischen den Regalen, in der Mitte des Raumes, befanden sich Behälter für die etlichen Bögen und Köcher. Die meisten Bögen waren klein und gehörten den Amoretten. Aber einige von ihnen waren auch Ersatzbögen für Paps und die anderen Liebesgötter und demnach größer. Mein eigener stammte auch aus diesem Lager.

Am liebsten hätte ich mir einfach zwei Pfeile geschnappt und wäre gegangen. Aber diese Pfeile so aufgereiht zu sehen, ließ mich zweifeln. Was, wenn sie doch unterschiedlich gut waren? Dann wollte ich natürlich die besten für mein Vorhaben haben, um diese erste Liebe von Leila und Philemon ganz sicher reparieren zu können. Immerhin war es nicht einfach, Leilas gerade erloschene Liebe wieder entflammen zu lassen. Aber welche waren die besten?

Am Ende einer Regalreihe blieb ich stehen. Zwar hatte ich keinen blassen Schimmer, wie ich die Pfeile unterscheiden sollte, aber mir lief die Zeit davon. Brutus würde sofort zurückflattern, sobald er meinen Streich bemerkt hätte. Also griff ich letztendlich doch wahllos nach zwei Pfeilen. Jetzt nichts wie raus hier.

»Die würde ich nicht nehmen.«

Ich wirbelte herum. Im Eingang lehnte Paps in seinem Kuschelbademantel mit den passenden Puschen und beobachtete mich. Hinter ihm hatte sich der wütende Brutus aufgebaut.

Obwohl Paps mich ja auf frischer Tat ertappt hatte, versteckte ich die Pfeile schnell hinter meinem Rücken.

»Papilein, ich hab dich gar nicht kommen hören. Ich wollte mich nur mal umsehen, schließlich werde ich mich bald an diesem Pfeillager bedienen dürfen, weil ich ja schon fast eine Liebesgöttin bin.«

Paps hob die göttlichen Augenbrauen. »Ah, verstehe. Deshalb dachtest du dir, du nimmst einfach zwei Pfeile mit. Und deswegen hast du auch meine Wächteramorette nach oben in mein Arbeitszimmer geschickt, das er in Alarmbereitschaft mit vollem Körpereinsatz aufgebrochen hat. Weil du mal gucken wolltest.«

Ups. »Ähhh …« Ja, gut, war mir vorher schon klar, dass diese Ausrede nicht funktionieren würde.

Ich ließ die Pfeile sinken. »Ich dachte, du würdest es nicht merken.«

»Ich weiß alles, was in meinem Haus vor sich geht, Valentina.«

Ich zog eine Augenbraue hoch, immerhin hatte er ja nicht mitbekommen, dass Mama hier todunglücklich war.

Das fiel ihm wohl auch ein. »Okay, fast alles. Aber ziemlich viel.« Er deutete auf die Pfeile in meiner Hand. »Was ist mit den Pfeilen passiert, die Mutter dir gegeben hat?«

Ich sah nach unten und bohrte meinen Fuß in den Boden. »Die sind zerbrochen«, murmelte ich.

»Also hatte ich an deinem ersten Schultag recht«, sagte Paps, und ich zuckte zusammen, so vorwurfsvoll war sein Ton. Mein Schweigen war ihm Bestätigung genug. »Gleich beide? Wie hast du das denn hingekriegt?«

Was soll's, dann mal raus mit der Wahrheit.

»Beim ersten habe ich eine aromantische Person erwischt, und der Pfeil ist abgeprallt. Und beim zweiten wurde die Liebe nicht erwidert, und er ist in der Brust der Person zerbrochen.«

»Er ist zerbrochen, weil du keinen zweiten Pfeil mehr hattest?«

Ich suchte nach einer Ausrede, etwas, was mich weniger

verantwortungslos dastehen ließ, aber fand keine gute. »Eher, weil ich versucht habe, die Liebesmagie ohne Pfeil zu senden, und dann plötzlich überall stand, dass Leila in Philemon verliebt ist.« Ich schielte hoch zu Paps.

Er massierte sich die Schläfen, als hätte er Kopfweh. »Valentina ...« Seine Stimme klang wirklich viel zu enttäuscht, und ich hatte das Gefühl, ein schwerer Eisklotz plumpste in meinen Magen.

»Ja, ich weiß! Ich bin eine miserable Liebesgöttin, nein, falsch, ich bin nicht mal eine. Und ich verdiene es auch nicht, eine zu sein, denn ich bin offensichtlich nicht bereit und hab's vermasselt. Okay? Aber ich hab echt Mist gebaut, und jetzt haben sich zwei beste Freunde zerstritten, die eigentlich auch verliebt ineinander sind, aber den Moment verpasst haben, sich das zu sagen. Und ich habe die Gefühle von meiner einzigen menschlichen Freundin verletzt. Sie redet nicht mehr mit mir, weil ich ihr gesagt habe, dass sie aromantisch ist. Und vielleicht auch weil ich ihr deswegen nun nicht mehr das geben kann, was sie sich von dieser ganzen Aktion erhofft hatte. Jedenfalls muss ich das alles ganz dringend wieder geradebiegen, und dafür brauche ich zwei Pfeile, egal, was du oder Oma sagt. Bitte!« Ich war den Tränen nah.

Amor sah mich forschend an. Ich hatte keine Ahnung, was jetzt kommen würde. Dann schüttelte er den Kopf und deutete auf die Pfeile in meiner Hand. »Ich kann dich die Pfeile nicht nehmen lassen.«

Mein Herz rutschte irgendwo in meine Beine. Jetzt war alles vorbei. Und die Tränen liefen mir über die Wangen.

Paps kam ins Lager hinein und fuhr mit der Hand über die

Regale. Dann zog er zwei andere Pfeile heraus, wog sie in der Hand – und hielt sie mir hin. »Nimm die.«

Mein Kopf ruckte hoch. »Was?«

»Die erste Liebe ist die fragilste von allen, und wenn man sie verliert, tut das am allermeisten weh. Du brauchst ganz besonders starke Pfeile, wenn du eine erste Liebe kitten willst.«

Ich starrte ihn an, und meine Kinnlade klappte herunter. »Aber wieso?«

Paps' Lächeln war so warm, wie sich Liebe anfühlte. »Du hattest einen furchtbaren Start in die Liebeswelt, Valentina. Du bist ehrgeizig, stürmisch, aber auch impulsiv. Ich habe schon geahnt, dass es genau so laufen würde, wie du es beschrieben hast. Gut, vielleicht nicht ganz so schrecklich, da hast du mich echt überrascht.«

Ah, okay, es war doch nicht das warme Gefühl von Liebe, sondern eher das Gefühl, wenn man sich heißes Wachs über die Hand kippt. Erst wohlig warm, dann brennend, dann wurde alles schmerzlich rot, warf Blasen und stank furchtbar.

»Aber«, fuhr Amor fort, »dass du jetzt hier stehst, deine Fehler erkennst und sie wiedergutmachen willst – obwohl du weißt, dass du deine Prüfung in den Sand gesetzt hast –, zeigt wahre Größe. Vor allem bei uns Göttern, wir geben ungern zu, dass wir auch mal etwas falsch machen. Und genau das ist es, was eine großartige Liebesgöttin ausmacht.«

Als hätte er einen heilenden Verband über die Brandwunde gelegt.

»Du findest, ich sei eine gute Liebesgöttin?«

Er hob abwehrend die Hände. »Das habe ich nicht gesagt! Du hast immer noch ziemlich viel Chaos angerichtet.« Er lächelte milde. »Aber du hast das Zeug dazu, eine gute Liebesgöttin zu werden.« Noch einmal hielt er mir die Pfeile hin. »Und wie ich dich kenne, hast du schon einen ausgefeilten Plan, wie du das wieder hinkriegst, oder? Und auch das mit deiner menschlichen Freundin.«

Er grinste.

Ups. Da hatte ich tatsächlich aus Versehen zugegeben, dass ich mich mit Desirée angefreundet hatte. Aber irgendwie schien ihn das besonders zu freuen.

Ich griff nach den Pfeilen – doch da zog er sie mir wieder weg. »Eine Sache noch: Versuch nie wieder, jemanden zu verlieben, wenn dir Pfeile fehlen. Frag lieber nach, ob du noch welche bekommst, egal ob du dann durch eine Prüfung fällst. Sonst könntest du großen Schaden anrichten, noch größeren als den, der jetzt passiert ist.«

Ich lachte etwas gequält. »Oh ja, das probiere ich sicher nicht noch mal.« Ich zögerte. »Sag bloß, dir ist so was auch schon mal passiert?«

Er legte den Kopf schief. »Na ja, ich war einst wie du und habe mich überschätzt. Ich wollte nicht auf die Kraft der Pfeile vertrauen und darauf, wie wichtig sie für die Liebe sind.«

Ich grinste schelmisch. »Raus damit! Ich will Beispiele, Paps!«

Er musterte einen Riss in der Decke. »Nun ja – auch wenn es so aussieht, als wollte ich ihm einen Denkzettel verpassen: Eigentlich hatte ich nicht geplant, dass Narziss sich in sein Spiegelbild auf einem Teich verliebt und dann darin ertrinkt. Aber es war wirklich heiß, und ich hatte keine Lust, noch mal ins Pfeillager zu laufen, also habe ich es ohne versucht. Und das war dann das Ergebnis. Zum Glück hatte ich bei deiner Großtante Nemesis noch was gut, und sie hat das Ganze auf sich genommen. Sonst hätte ich sicher meinen Status als Liebesgott verloren.«

Ich kannte die Geschichte, aber nicht dieses Detail. Und wie ich Nemesis einschätzte, war ich mir sehr sicher, dass sie Paps bis heute spüren ließ, was für einen Mist er da verzapft hatte. Das wollte ich mir auf jeden Fall ersparen.

Ich nickte. »Versprochen.« Ich nahm die Pfeile und händigte ihm die anderen aus. »Heißt das, ich kann immer noch Liebesgöttin werden?«

Amor lächelte. »So wie ich das sehe, hast du zwei Pfeile und eine Prüfung, nicht wahr?«

Mein Herz machte einen Sprung. Aber Moment!

»Und was ist mit Aphrodite?«, fragte ich vorsichtig. »Sie wird es sicher nicht gut finden, dass du mir neue Pfeile gegeben hast, oder?«

Amor dachte nach. »Nein, wird sie nicht. Deswegen sollte sie das besser nicht erfahren, nicht wahr? Deine Großmutter ist sehr traditionell und sehr auf die Einhaltung ihrer selbst gemachten Regeln bedacht. Doch auch wenn wir Liebesgötter die besten Pläne schmieden können, ist doch eines am wichtigsten: Liebe ist nicht planbar und hat immer die höchste Priorität.«

Er zwinkerte mir zu, und ich grinste. Dass er sich einmal gegen seine Mutter auflehnte, hätte ich nicht gedacht. »Und du glaubst, sie kriegt das nicht raus?«

Amor zuckte mit den Schultern. »Ich muss sie halt ablenken.« Er dachte nach. »Mir muss nur einfallen, wie.«

Ich blickte auf die Pfeile in seiner Hand, dann auf seinen Bademantel. Konnte ich es wagen? Ja! Schließlich hatte ich ihm gerade ganz andere Dinge erzählt.

»Du könntest wieder mit deiner Arbeit beginnen? Das würde sie sicher beeindrucken.«

Paps blickte von mir zu den Pfeilen in seiner Hand, drehte sie hin und her. »Hm, keine schlechte Idee. Vielleicht habe ich langsam wirklich genug Trübsal geblasen, und es ist an der Zeit, wieder mit dem Verlieben anzufangen. So ein bisschen fehlt es mir sogar. Im Fernsehen läuft auch nur noch Müll.« Er zupfte an seinem Bademantel herum. »Und der müsste dringend mal in die Wäsche.«

Er schloss die Augen, und gleißendes Licht erhellte den Raum. Ich kniff die Lider zu. Als es verschwand, stand vor mir der glorreiche Gott Amor, so wie er sein sollte. Verschwunden waren der pinke Bademantel, die Puschen und auch der Dreitagebart und die ungewaschenen Haare. Stattdessen trug er seine glänzende weiße Toga mit goldenen Nähten (und einem leichten rosa Schimmer), war glatt rasiert, frisiert und sah alles in allem wundervoll herrschaftlich und gut aus – auch wenn es wirklich seltsam ist, das über den eigenen Vater zu sagen. Sein Bogen hing über seinem Rücken. Er war wieder der Paps, den ich kannte.

»Hurra!«, rief ich und umarmte ihn stürmisch. Das überraschte ihn, doch er drückte mich fest zurück. Er strich mir über den Kopf, und kurz genoss ich den Moment.

Er löste sich von mir und sah mich an. »Okay, dann wollen wir mal ein paar Menschen verlieben!«

Kapitel 26

CALL ME MAYBE

Am nächsten Montagvormittag, kurz vor Ende der zweiten Stunde, hockte ich mit Bussi zusammen in Philemons Baum auf dem hinteren Pausenhof. Die Flügelschuhe hatten mich sicher hier hochgetragen, trotzdem war mir gar nicht wohl bei der Sache. Zum einen war ich eben doch für den Boden gemacht, nicht für Bäume, zum anderen erinnerte mich das sehr an die verpatzten Pfeilschüsse auf Desirée und Leila. Allerdings hatte ich von hier nun mal den besten Überblick. Ich trug meine Toga und war somit für niemanden zu sehen.

In den Unterricht war ich nicht mehr gegangen. Ich konnte nicht mal den Gedanken ertragen, Desirée und Leila in die Augen blicken zu müssen. Das würde mir viel zu sehr wehtun. Und ihnen sicher auch.

»Also noch mal – ich klaue ihnen die Handys?«, fragte Bussi.

Ich nickte. »Ganz genau, auf mein Zeichen.«

Es war bestimmt nicht der ausgefeilteste Plan, aber dafür wusste ich, dass er klappen würde. Wenn mir eine verrückte Möwe das Handy klauen würde, würde ich ihr sicher auch wie eine Wahnsinnige hinterherrennen und einen feuchten Kehricht darauf geben, dass ich noch Schule hatte.

»Und dann esse ich die?«

Meine Güte, diese Möwe, ey! »Nein. Die sind nur Köder.«

Bussi kniff die Augen zusammen und dachte nach. »Okay. Aber ich krieg schon noch was zu essen dafür, dass ich dir helfe?«

»Ja, alles, was du willst.«

Die Möwe grinste, und mir wurde bewusst, dass dieses Versprechen ein Fehler gewesen war. Aber das war ein Problem für Zukunftsvalentina.

Es klingelte zur großen Pause, und natürlich dauerte es nicht lang, bis Philemon seinen Platz unter dem Baum einnahm. Kopfhörer in den Ohren, Buch in den Händen. Als hätte sich nichts verändert. Doch alles war anders. Der tiefe Kummer war ihm ins Gesicht geschrieben, und er hörte heute die traurigsten, schnulzigsten Liebeskummerlieder, die man hören konnte. Die Albencover erkannte ich selbst aus dieser Entfernung auf seinem Handydisplay. Ich seufzte. Oh Mann, all dieses Wissen um Liebeslieder, -filme und -bücher, und ich hatte trotzdem voll versagt.

Philemon bemerkte mich nicht. Ich fixierte die Tür zum Schulgebäude. Zwar nutzte kaum jemand diesen Schulhof, trotzdem wusste ich mittlerweile, dass er eine Abkürzung zu den Sporthallen war. Und Desirée und Leila hatten als Nächstes Sportunterricht. Ich wartete geduldig, bis die Pause fast vorbei war, dann traten einige aus meiner ehemaligen Klasse hinaus auf den Weg zu den Hallen. Desirée und ihre Freundinnen waren darunter. Elizabeth und Mia gingen vorweg und redeten fröhlich miteinander. Desirée trottete bloß hinter den anderen her. Die sonst so beliebte, selbstbewusste Desirée blieb allein. Ich war mir ziemlich sicher, dass sie den Abstand gerade wollte. Sie sah schrecklich unglücklich aus, und alles an ihr schrie: »Ich bin ein Freak, und hoffentlich merkt es keiner.«

Und das war meine Schuld, weil ich nicht erkannt hatte, was für ein sensibles Thema Aromantik war.

Dabei war nun wirklich nichts verkehrt daran! Romantische Liebe war nicht alles und nicht für jeden etwas – und das sagte ich als angehende Liebesgöttin. Gleichzeitig war es egal, dass ich so dachte. Denn für Desirée war es anscheinend die furchtbarste Sache der Welt. Hoffentlich konnte ich sie mit meinem Vorhaben wieder aufbauen, bevor die anderen ihr Verhalten seltsam fanden und über sie tratschten.

Leila fehlte bisher. Wahrscheinlich war sie im Schulgarten und würde sowieso bis zur letzten Sekunde warten, um Philemon auf keinen Fall in die Arme zu laufen. Doch darauf war ich vorbereitet. Immerhin funktionierte mein Plan nicht ohne sie.

Es klingelte zum Unterricht. Philemon stand auf, nahm seine Kopfhörer raus und ging zur Tür. Er und Desirée winkten sich kurz zu, bevor Desirée den anderen zur Sporthalle nachlief.

Jetzt folgte der erste kritische Teil meines Plans: Philemon auf dem Schulhof behalten, bis Leila da war. Ich zupfte ein paar Eicheln ab, die an den Zweigen wuchsen. Sie waren noch grün und überhaupt nicht reif. Großtante Demeter würde mich dafür sicher umbringen. Aber das war ein Notfall, und was hatte Paps gesagt? Liebe hat immer höchste Priorität! Irgendwie würde ich das schon wiedergutmachen.

Mit voller Kraft warf ich eine Eichel nach Philemon und traf ihn am Hinterkopf. Sollte noch einmal jemand sagen, dass ich nicht zielen könne!

Philemon fasste sich an die Stelle und drehte sich verwirrt um. Da er aber natürlich niemanden entdeckte (danke, Toga!), rieb er sich einfach den Schädel und ging weiter. Von Leila fehlte noch immer jede Spur. Wo blieb sie denn? Ich pfefferte noch weitere Eicheln gegen Philemons Kopf, als würde mein Leben davon abhängen. Er war schon so weit weg, dass ich mich vorbeugen musste, und nur meine Flügelschuhe hielten mich davon ab, vom Baum zu kippen.

Die Eicheln prasselten auf den Hinterkopf des armen Jungen ein. Kleine Beulen und Kopfschmerzen waren praktisch vorprogrammiert. Philemon rieb sich die getroffenen Stellen.

»Was, verflucht noch mal?«, schimpfte er.

Auch Desirée drehte sich nun verwirrt zum Baum um. Sie konnte mich zwar nicht sehen, aber ich glaube, sie ahnte, dass ich an den Eichelgeschossen schuld war. Immerhin wusste sie von der Toga und den Flügelschuhen. Und Eicheln schossen normalerweise nicht einfach so gegen Jungsköpfe.

»Sehr liebevoll und dezent, Valentina«, bemerkte auch Bussi. »Da kommt wohl Großväterchen Ares bei dir durch.

Vielleicht solltest du überlegen, doch Kriegsgöttin zu werden, da gibt es bestimmt noch freie Plätze, und Talent hast du ja.«

»Und vielleicht möchtest du lieber bei Hermes anheuern, er sucht sicher noch Federn für seine Flügelschuhe.«

Wir lieferten uns ein böses Starrduell, doch bevor einer gewinnen konnte, ging die Tür auf, und Leila trat heraus. Na endlich!

Leila zuckte zusammen, als ihr und Philemons Blick einander trafen. Es tat mir schon ein bisschen leid. Da hatte ich ihre schöne Ausweichtaktik mit meinen krassen Eichelwerffähigkeiten zunichtegemacht. Besser, ich ließ sie nicht zu lange schmoren.

Ich stupste Bussi an. »Jetzt!«

Und trotz unserer Meinungsverschiedenheit konnte ich wie immer auf meine treue Möwe zählen. Bussi stieß sich ab und schoss auf Philemon zu.

Bevor dieser reagieren konnte, schnappte Bussi sich das Handy samt Kopfhörer. In der Sekunde, in der Bussi Philemon berührte, löste sich allerdings die göttliche Unsichtbarkeit auf – denn natürlich gab es auch da Ausnahmeregelungen. Philemon schreckte vor der Möwe zurück. Er schrie auf. Schon flog Bussi auf Leila zu. Sie versuchte sich mit den Armen vor dem riesigen Vogel zu schützen und kreischte, doch sie hatte keine Chance. Bussi klaute auch ihr das Handy.

»Mein Handy!«, schrie sie, und jetzt kam Bewegung auf den Schulhof. Alle liefen schreiend vor dem Vogel weg.

Nur Desirée blieb wie angewurzelt stehen und ahnte wohl sehr genau, dass dies keine normale Möwe war. Leider hielt sie ihr Handy an die Brust gedrückt – verständlich, wenn die Möwe das Handy des Bruders und das seiner besten Freundin hielt. Aber das war für Bussi nur ein kleines Problem – und für Desirée ein größeres. Denn Bussi schnappte natürlich sofort mit dem Schnabel nach dem Handy und zog mit großer Kraft daran, der Desirée relativ wenig entgegenzusetzen hatte. Sie versuchte es natürlich trotzdem.

»Lass los, du Federvieh!«, brüllte sie, während sie an ihrem Telefon zerrte. Bussi flatterte wild und wäre bestimmt bereit gewesen, die ganze Desirée mit in die Luft zu heben. Und ich bin mir sicher, das hätte er gekonnt.

So wie Desirée und Bussi miteinander kämpften, hätten Leila und Philemon sich längst darum kümmern können, ihre Handys wiederzukriegen, aber sie hatten viel zu viel Angst vor dem Vogel.

Schließlich ruckte Bussis Kopf zurück, und er entriss Desirée das Handy.

»Nein!«, rief sie und sprang hoch, doch da flatterte Bussi schon davon. Man sollte sich nie zwischen eine Möwe und ihre Beute stellen.

Ich stieß mich vom Baum und schloss zu Bussi auf. »Mir nach!«, zischte ich und flog davon.

»Meinetwegen«, nuschelte Bussi, der natürlich viel schneller fliegen konnte als ich – trotz schwerer Telefonlast –, aber gnädigerweise seine Geschwindigkeit drosselte, weil er den Weg nicht kannte.

»Der Möwe hinterher!«, brüllte Desirée und rannte vom Hof, dicht gefolgt von Philemon und Leila. Mein Plan funktionierte ausgezeichnet.

Wir schossen durch die Straßen, die drei wütenden Teenager direkt hinter uns. Desirée schimpfte dabei wie ein Rohrspatz und bedachte die Möwe mit jeder Menge Flüchen, als würde sie das dazu bringen, die Handys zurückzugeben. Desirée wurde wohl einzig und allein von diesem Fluchadrenalin angetrieben.

Dabei fiel den dreien gar nicht auf, dass Bussi nicht nur langsam flog, sondern auch in Sichtweite blieb und immer so, dass die drei gut hinterherkamen.

»Ich glaube, uns hat gerade eine Schnecke überholt«, nuschelte er sogar.

Endlich bogen Bussi und ich auf das Fabrikgelände ab, und spätestens da sollte den dreien eigentlich klar sein, wohin die Reise ging.

»Fliegt die Möwe auf unsere Lasertaghalle zu?«, fragte Philemon.

Ding, ding, ding, der Kandidat bekommt hundert Punkte.

»Ist es noch weit? Die Dinger sind schwer«, jammerte Bussi. Okay, jetzt durfte er wirklich einen Zahn zulegen. Musste es sogar. Also flog ich schneller, und er seufzte erleichtert, als er seine eigentliche Fluggeschwindigkeit einnahm. Die drei fanden den Weg schon.

Vormittags zur Schulzeit hatte die Lasertagarena geschlossen. Die meisten Erwachsenen arbeiteten, und die Kinder waren logischerweise in der Schule. Da lohnte sich der Betrieb nicht.

Aber ich war heute früh schon hier gewesen und hatte mir Zugang zu der Arena verschafft, den Alarm deaktiviert, die Systeme hochgefahren und ein Fenster geöffnet. Das hatte ich nicht komplett allein geschafft, ich war Liebesgöttin, kein

Technikgenie. Zwar verfügte Paps über ein Gerät, das es Liebesgöttern ermöglichte, in abgeschlossene Räume vorzudringen, aber ich wollte mein Glück nicht herausfordern und ihn darum bitten. Ein bisschen was wollte ich selbst machen.

Also tat ich etwas, was ich Paps und Aphrodite nie, nie, nie erzählen dürfte – noch weniger, als dass ich Apollo und Artemis für die besten Schützen hielt: Ich fragte Hephaistos um Hilfe, den ersten Mann meiner Oma und Gott der Schmiedekunst. Hephaistos war so was wie der Nerd unter den Göttern (und nicht besonders hübsch, weswegen Aphrodite sich von ihm getrennt hatte). Während Oma allerdings an ihren alten Traditionen festhielt, hatte Hephaistos sich ziemlich doll weiterentwickelt. So war er vom typischen Eisenschmieden schließlich zu Computern und Technik übergegangen. Er war sogar maßgeblich für die Entwicklung des Smartphones und der darin genutzten Technik verantwortlich. Auch in der Raumfahrt hatte er seine Finger im Spiel gehabt (und war ziemlich angepisst gewesen, dass man Raumschiffe und Erkundungsroboter nach Apollo und Mars benannt hatte). Da Hephaistos ein Herz für Nerds hatte und Philemon und Leila Nerds waren, half er mir sofort. Beziehungsweise seine Enkelin Nova, die grob gesagt Göttin der Software war. Das stimmte zwar nicht ganz, aber mehr hatte ich nicht verstanden.

Jedenfalls hatte sie mir ein kleines Gadget überlassen, mit dem ich die Prozesse in der Lasertagarena steuern konnte, und ihr Großvater hatte für mich einen Universaldietrich hergestellt. Göttin der Liebe, des Einbruchs und des Eichelwurfs – die Welt stand mir offen.

Bussi und ich zischten durch das Fenster in die Halle. Desirée schimpfte von Weitem: »Das glaube ich jetzt nicht, dass die da reingeflogen ist!«

Und Philemon, der Pragmatiker fürs Wesentliche: »Warum ist das Fenster eigentlich offen?«

Muss schön sein, Prioritäten setzen zu können.

Bussi ließ die Handys in meine Hände fallen und machte sich dann über die Süßigkeitenauslage der Lasertagarena her. Oje. Gut, das war noch eine Sache, die Zukunftsvalentina klären musste.

Ich schaltete fix das Licht an und weckte die Rechner aus dem Ruhezustand. Dann öffnete ich die Türen zur Arena. Auf den Boden hatte ich bereits neonfarbene Pfeile gesprayt, damit die drei mich finden würden.

Schnell hechtete ich in den Vorraum der Arena, warf die Toga von mir und legte mir die altgediente Aphrodite-Weste an. Das Programm, das ich spielen wollte, war bereits ausgewählt. Nun wartete ich hier im Westenraum.

Die Eingangstür knallte kurz darauf auf. Wie ich es mir gedacht hatte, hatte der pflichtbewusste Philemon einen Schlüssel für die Halle dabei.

»Ey, die Möwe frisst die Süßigkeiten!«, rief Desirée und versuchte Bussi wegzuscheuchen. Da war ein Fauchen, ein Flattern, ein Hand-Flügel-Gemenge.

»Blödes Mistviech!«, fluchte Desirée, da Bussi natürlich gewann. Es war töricht, eine Möwe beim Fressen zu stören.

»Wo sind denn unsere Handys?«, fragte Leila, die ziemlich verzweifelt klang und so, als wollte sie wirklich nicht hier sein. Sie stellte sich absichtlich so weit weg von Philemon wie möglich, und ich spürte von beiden den Schmerz. Ja, auch Herzschmerz hat eine Art Liebesenergie, und sie ist wirklich nicht schön. Ich schluckte.

»Da sind Pfeile auf dem Boden«, bemerkte Philemon. Erneut ein Hoch auf seine praktische Denkweise.

Schon stürmten die drei in den Westenraum und kamen perplex zum Stehen, als sie mich sahen.

»Du?«, keuchte Leila.

»Na klar, wer sonst konnte dahinterstecken!«, stöhnte Desirée.

»Schön, dass ihr alle den Weg hierhergefunden habt«, begrüßte ich sie. »Ich schätze, ihr sucht das hier.«

Ich hielt die Handys hoch. Philemon und Leila schnappten nach Luft.

»Ist das etwa deine Möwe da vorn?«, wollte Leila ungläubig wissen.

»Du hast sie dressiert?«, wunderte sich Philemon.

Zum Glück war Bussi wohl zu beschäftigt mit der Zuckerzufuhr, sonst hätte er Philemon dafür sicher alle Sommersprossen einzeln ausgepickt. Niemand hatte ihn dressiert. Glaubt mir. Ich habe es versucht.

»Bussi? Ja, der gehört zu mir«, erklärte ich. »Sorry wegen der Süßigkeiten, er ist ein Vielfraß. Da bin ich machtlos.«

Desirée funkelte mich wütend an.

Ich grinste, als wollte ich sagen: »Ups, hab dir mein Haustier verschwiegen.«

Desirée hielt die Hand auf. »Ich weiß nicht, was dein Plan ist, aber das ist nicht witzig. Gib uns die Handys wieder.«

Ich schaute mir die Handys an. Das von Desirée hatte eine grüne Glitzerhülle und ein zerkratztes Display, das von Leila eine Hülle, die aussah wie ein Urwald. Philemons hatte gar keine, dafür verknotete Kopfhörer.

»Nein, das wäre zu langweilig. Wir spielen ein Spiel!«

»Ein Spiel? Was für ein Spiel?«, wollte Philemon wissen.

Ich zog die Augenbrauen hoch und wartete, bis er es selbst merkte. Doch das tat er nicht. Also deutete ich hinter mich.

»Lasertag, Philemon. Wir spielen Lasertag. Denn wir sind in einer Lasertagarena. In die ich euch gelockt habe. Mit euren Handys.«

Philemon presste peinlich berührt die Lippen aufeinander. »Ja, ergibt Sinn.«

»Also«, fing ich an. »Ihr kriegt eure Handys wieder, wenn ihr mich beim Lasertag besiegt. Ihr alle gegen mich. Alles klar? Los geht's!«

Ich ließ ihnen gar nicht die Möglichkeit, sich dagegen zu entscheiden, denn schon drückte ich auf den Startknopf. Die Tore öffneten sich, und das Spiel begann. Ich rannte hinein, um mir einen ersten Vorteil zu verschaffen.

»Na warte, ich markier dich in Grund und Boden, das wirst du noch bereuen!«, rief Desirée, während sie sich die Athene-Weste schnappte, die bereits leuchtete, und mir nachhetzte.

Philemon und Leila waren ein bisschen langsamer und zögerten, aber auch sie griffen sich die leuchtenden Westen. Zeus und Hera. Aus dem Augenwinkel erkannte ich, wie Philemon Leila bei ihrer Weste helfen wollte, aber sie wandte sich ab. Oje. Hoffentlich funktionierte mein Plan.

Kapitel 27

STEREO HEARTS

Ich machte mir eine mentale Notiz: Nie wieder wollte ich mir Desirée zur Feindin machen. Mein Großvater Ares war nichts gegen diese mädchengewordene Wut.

Sie preschte mir so flink hinterher, dass ich richtig Panik bekam, nicht schnell genug wegzukommen. Ich musste sogar meine Flügelschuhe benutzen, um ihr zu entkommen – natürlich nicht so auffällig, da Leila und Philemon es nicht sehen sollten –, aber selbst damit konnte Desirée mithalten.

»Ich zieh dir die Haut im Laufen ab!«, schrie sie. »Ich brate deine Ohrläppchen in Butterschmalz!«

Keine Ahnung, was das für Flüche waren, aber sie machten mir Angst.

Desirée markierte mit ihrem Phaser, was das Zeug hielt,

und dass meine Weste ständig das Game over verkündete, war ihr so was von egal. Ich versuchte gar nicht erst zurückzuschießen. Das war auch gar nicht meine Absicht. Denn während ich durch die Gänge rannte, schaute ich immer wieder nach hinten, an Desirée vorbei.

Philemon und Leila waren in die Arena hineingelaufen, aber Desirée hatte sie ignoriert und das Ziel – mich – für sich beansprucht.

Die beiden hatten nichts zu tun. Also blieben sie stehen und schauten zu, wie Desirée mich jagte wie eine Löwin eine Antilope und dabei die unmöglichsten Flüche raushaute.

»Ich serviere dir die Haare meines Hundes zum Frühstück! Hoffentlich rutschen dir beim Händewaschen deine Ärmel immer ein Stück runter.«

Ich lachte und blieb belustigt stehen. »Also, das geht jetzt echt zu weit!«

Doch da Desirée mich mit einem Berserkerschrei einfach weiter abballerte, rannte ich lieber wieder los.

Und da hörte ich endlich, worauf ich hingearbeitet hatte – Leila kicherte. Philemon sah sie an und kicherte ebenfalls.

»Ich geb's zu, Desirée ist die bessere Schützin von uns beiden«, sagte er zu ihr.

»Zumindest um unsere Handys müssen wir uns wohl keine Sorgen machen«, antwortete Leila. Die beiden grinsten sich an, eine Gemeinschaft, verschworen gegen die Lächerlichkeit, die Desirée und ich waren.

Als die Stellwände mir den Blick versperrten, hüpfte ich daran hoch, um die beiden nicht aus den Augen zu lassen. Trotz Flügelschuhen ging das ganz schön in die

Beine, weil ich ja noch mit Um-mein-Leben-Rennen beschäftigt war.

»Du, kann ich kurz mit dir sprechen?«, fragte Philemon
schließlich und kratzte sich verlegen am Kopf. Seine Liebesenergie verstärkte sich wieder, genau wie Leilas, deren Energie pulsierte wie der schnelle Rhythmus ihres Herzens.

»Okay.«

Philemon führte sie zu einem Teil der Arena, der etwas
abgeschottet lag. Wo sie nur für sich waren. Lustigerweise
genau der Teil, wo Mia und Dominik bei der Party rumgeknutscht hatten, also ziemlich perfekt.

Das war es, was ich gewollt hatte. Die beiden waren allein
und sprachen miteinander. Aktion Pfeilschuss startete jetzt.

Ich machte eine Wende und rannte die Gänge entlang, bis
ich ganz in der Nähe von Philemon und Leila war. Desirée
war mir dicht auf den Fersen. Ich wollte auf keinen Fall riskieren, dass Leila und Philemon von uns erschreckt wurden,
deshalb durfte ich nicht zu nah ran. Also blieb ich abrupt
stehen und erhob mich in die Lüfte.

Desirée hatte mich eingeholt. »Was soll das werden?«, rief
sie, doch ich legte verschwörerisch den Finger an die Lippen
und nahm den Bogen von meinem Rücken. Desirée ließ ver-
wundert den Phaser sinken.

»Was hast du vor?« Zum Glück sprach sie jetzt leiser. Ich
nickte in die Richtung von Leila und Philemon. Desirée
konnte sie über die Wände nicht sehen, aber das hielt sie
nicht ab. Mit einem Hechtsprung hangelte sie sich an der
Wand hinauf und spähte hinüber.

Ihre Augen weiteten sich.

»Diese ganze Sache dafür?«, wisperte sie.

Ich nickte. »Ich musste das wieder in Ordnung bringen«, flüsterte ich und winkte mit den beiden Pfeilen.

»Du hast dir zwei weitere Pfeile besorgt!«, erkannte sie – und auch, was das hieß. »Aber deine Prüfung!«

Ich zuckte mit den Schultern. »Wenn ich Glück habe, erfährt Oma das nicht. Und wenn doch, ist es egal. Hauptsache, es wird wieder alles gut.« Ich atmete tief durch. »Es tut mir leid, was ich getan und gesagt habe. Auch das bei dir. Ich wollte niemanden von euch verletzen.«

Desirée guckte bedröppelt zu Boden. »Es war ein ganz schöner Schock. Das steckt man nicht so einfach weg.«

»Das ist mir jetzt auch klar«, gab ich zu. »Ich dachte, Menschen seien viel einfacher. Da habe ich mich geirrt. Ich hätte gleich auf dich hören sollen, weil du dich so viel besser auskennst. Und außerdem hattest du recht: Philemon hat Gefühle für Leila!«

Ihr Kopf ruckte hoch. »Woher weißt du das?«

Ich grinste. »Er hat es mir gesagt.«

Desirée fiel die Kinnlade runter. »Oh, wow. Okay, ich schätze, so geht es auch.«

Ich nickte. »Ja, manchmal ist reden doch eine gute Idee. Außerdem wabert eine riesige Liebesenergie um sie herum.«

Desirée grinste. Sie deutete auf unsere beiden Verliebten. »Also, schießt du jetzt?«

»Gleich. Ich warte auf den richtigen Moment.«

Wir beobachteten die beiden gespannt und waren ganz still, um zu hören, was sie sagten.

»Tut mir leid, dass ich dich nicht verteidigt habe vor den anderen. Und dass ich … dich zurückgewiesen habe.«

Leila zuckte mit den Achseln. »Schon gut. Ich meine, ich verstehe das. Du bist so cool, und wenn du mit mir gesehen wirst, dann ärgern sie dich vielleicht auch. Und das will ich nicht.« Sie druckste herum. »Außerdem kann ich dich ja nicht zwingen, dich in mich zu verlieben.«

Philemon nahm ihre Hände. »Aber Leila, so ist das nicht.«

Leila lief rot an. »Was?«

»Es ist mir vollkommen egal, was die anderen sagen. Wirklich. Obwohl ich echt besser dazu stehen sollte, was ich will … Jedenfalls, wenn sie sich darüber lustig machen, dass wir zusammen abhängen, dann ist das nur ihr Problem! Felix und Saidun wissen das. Ich … ich bin viel zu gerne mit dir zusammen.« Jetzt druckste er. »Ehrlich gesagt bin ich mit niemandem lieber zusammen.«

Desirée und mir entwich ein leises Fiepen. Es war so schön!

»Wie … wie meinst du das?«, stammelte Leila.

Philemon holte tief Luft. »Am Samstag, da hab ich gelogen. Die Wahrheit ist, dass ich dich mag, Leila. Sogar sehr. Und nicht nur als beste Freundin. Sondern, na ja, mehr halt.«

Jetzt lief auch er rot an. Ihre Liebesenergie pulsierte um die Wette, vermischte sich, nahm den Raum ein und machte mir ein wundervoll warmes kuscheliges Gefühl im Bauch.

»Philemon, ich«, begann Leila, blieb dann kurz stumm, als würde sie in sich hineinhorchen. Ich betete zu Paps, dass der zerbrochene Pfeil nicht alle Gefühle zunichtegemacht hatte. Aber dann lächelte Leila zu meiner Erleichterung. »Ich dich auch. Also, das weißt du ja schon.« Er musste grinsen.

Da war er. Der richtige Zeitpunkt.

Ich spannte einen Pfeil ein und nahm Leila ins Visier. Hoffentlich war der Pfeil stark genug, wie Paps versprochen hatte. Ich atmete tief durch, flüsterte Philemons Namen – und schoss.

Der Pfeil segelte durch die Luft, doch kaum dass er den Bogen verlassen hatte, spannte ich bereits den nächsten Pfeil, flüsterte Leilas Namen und schoss ihn auf Philemon ab.

Beide Pfeile trafen beinahe zeitgleich auf die beiden und versanken leuchtend in ihrer Brust.

Ihre Reaktion war kaum merklich, ein kleines Zucken, ein Funkeln in den Augen und diese seligen Blicke, leicht rosarot und mit dem typischen verliebten Schimmer.

Und das Beste war: Die beiden merkten, dass es dem anderen genauso ging. Sie bewegten ihre Köpfe aufeinander zu, immer näher, wie sie es schon einmal getan hatten. Nur noch wenige Zentimeter trennten ihre Lippen voneinander. Und dann zögerte Philemon wieder.

Ich hatte ein Déjà-vu. Das durfte doch nicht wahr sein. Jetzt war sogar ein Pfeil im Spiel, und der Junge zögerte weiterhin. Oder reichten die Pfeile etwa nicht aus? Waren der Herzschmerz, der Zweifel, zu groß gewesen?

»Was macht er denn da?«, flüsterte Desirée, ebenfalls aufgebracht.

Philemon guckte sich um, und ich verstand: Er suchte Desirée. Schon wieder. Offenbar war er immer noch nicht davon überzeugt, dass sie cool damit war, wenn er eine Freundin hatte, und suchte nach ihrer Bestätigung.

Desirée musste etwas tun. Doch gerade als ich sie genau darauf aufmerksam machen wollte, brüllte Desirée aus voller Kehle: »Jetzt küss sie doch endlich, beim Hades noch mal!«

Schön, dass sie meine Flüche kopierte. Philemon lachte und Leila auch, und dann – endlich – küssten sie sich.

Es war, als würde die Halle in Neonrosa aufleuchten. Das Schimmern der Pfeile weitete sich aus, hüllte die beiden Verliebten vollständig ein und ließ sie selbst funkeln wie zwei rosafarbene Sterne. Und vom Schaftende der Pfeile aus zogen sich zwei feine pinke Bänder, trafen sich in der Mitte und wurden zu einem, bevor sie sich um die beiden Verliebten schlangen und sie zusammenbanden.

Ich begann vor Glück zu heulen. Da war es. Mein erstes geknüpftes Liebesband mit meiner Handschrift. Und es war wunderschön.

Während ich noch starrte, umarmte Desirée mich so stürmisch, dass ich die Balance verlor und wir gemeinsam auf den Boden taumelten. So viel konnten die Flügelschuhe dann doch nicht tragen.

»Es hat geklappt!«, rief sie. »Endlich!«

Ich war mir sicher, nie wieder mit dem Lächeln aufhören zu können, während ich mir die Tränen aus den Augen wischte. Dann umarmte ich sie zurück. »Wir haben es geschafft!«

Desirée ließ von mir ab. »Nein, du hast es geschafft.«

»Quatsch, ohne dich wäre es nicht gegangen.«

»Stimmt.« Sie grinste frech.

In dem Moment kamen Leila und Philemon auf uns zu, und ich fuhr schnell die Flügel an meinen Schuhen ein und hängte mir den Bogen wieder um. Nicht dass sie ihn doch sehen konnten. Die beiden hielten sich an den Händen und lächelten verliebt von Ohr zu Ohr.

»Ach, sieh mal an«, sagte Desirée und knuffte Philemon gegen den Arm. »Ist der Groschen doch noch gefallen, Brüderchen?«

Philemon wurde ein bisschen rot. »Ja.«

»Vielen Dank euch beiden«, sagte Leila.

Ich runzelte die Stirn. »Wofür? Dass wir es erst auf grandiose Weise vermasselt haben?«

Leila und Philemon sahen sich an. Dann kicherten sie, wie nur Verliebte kichern können.

»Na ja, ihr habt schon ganz schön viel Mist gebaut, wie es scheint«, sagte Philemon. Das hatte er sich wohl von unserem Gespräch auf der Bank zusammengereimt. »Aber trotzdem wären wir ohne euch wohl nicht zusammen.« Er schaute zu mir. »Besonders ohne dich nicht.«

Jetzt wurde ich rot. Wenn ich seine Worte richtig deutete, hörten sie sich ziemlich doll nach »Du bist eine super Liebesgöttin« an.

Philemon wandte sich besorgt an Desirée. »Und das ist wirklich okay für dich?«

Desirée verdrehte die Augen. »Hä, wieso denn nicht?«

Philemon knetete nervös Leilas Hand. »Na, weil …«

»Ach, weil ich single bin? Das ist wirklich nicht dein Problem!«, half Desirée ihm aus. »Und außerdem ist das eigentlich gar nicht schlimm, keinen Freund zu haben. Ich freu mich für dich!«

Ich sah Desirée erstaunt an. Nicht so schlimm? Bevor ich nachfragen konnte, woher der Sinneswandel kam, stemmte Leila die Hände in die Hüften.

»Allerdings gibt es da noch eine Sache, die wir erledigen müssen.« Sie tauschte einen Blick mit Desirée und Philemon. Sie grinsten sich alle schelmisch an.

Ich stand auf dem Schlauch. Was wussten sie, was ich nicht wusste? Doch dann stellten sie sich alle gemeinsam vor mich, hoben ihre Phaser und markierten mich, bis meine Weste laut und deutlich und mehrmals »Game over!« schrie.

Ich lachte. Das hatte ich nun wirklich verdient.

Kapitel 28

THAT'S WHAT FRIENDS ARE FOR

Philemon und Leila wollten noch ein bisschen allein in der Arena bleiben und sich in Ruhe weiter aussprechen (oder knutschen, aber wer war ich, dass ich das verhindern würde). Deswegen begaben Desirée und ich uns nach vorne in den Westenraum. Und eigentlich mussten wir – also die, nicht ich – ja auch zurück in die Schule. Zumindest ihre Eltern waren sicher längst informiert worden, dass ihre Kinder schwänzten.

Ich hängte meine Aphrodite-Weste auf. »Du, Desirée«, begann ich zögerlich. »Wie hast du das gemeint, dass Singlesein doch gar nicht so schlimm ist?«

Desirée strich über ihre Weste auf der Stange. »Weißt du«, sagte sie. »Ich dachte immer, dass es das Wichtigste sei, sich zu verlieben. Das machen doch alle, also muss ich es auch wollen. Meine Freundinnen haben von nichts anderem mehr geredet, und ich wollte unbedingt wissen, was sie meinen. Aber als du mir gesagt hast, dass ich aromantisch bin, hat plötzlich alles einen Sinn ergeben. Warum ich mich nie verliebt habe und warum ich diese Gefühle nicht nachempfinden konnte. Und ich glaube, dass sich in mir irgendwas immer ein bisschen gegen mein Vorhaben, mich zu verlieben, gesträubt hat. Eigentlich wollte ich das gar nicht. Eigentlich wusste ich längst, dass das nichts für mich ist.« Sie lächelte. »Weißt du, ich habe so oft einen Raum betreten und alle Typen abgescannt und mir dann ein paar ausgesucht, in die ich mich verlieben könnte. Und dann habe ich mir so lange eingeredet, dass ich sie mochte, bis ich wirklich irgendwas gespürt habe. Und ich dachte, das läuft bei allen so.« Sie sah mich an. »Aber das stimmt nicht, oder?«

Ich schüttelte den Kopf. »Nein, so funktioniert es nicht.«

Desirée lachte. »Ganz schön albern, wenn man drüber nachdenkt.«

Sie stöpselte die Weste an den Strom.

»Zuerst war ich ziemlich sauer auf dich. Aber dann war es, als ob eine riesige Last von mir abgefallen wäre. Als ob ich plötzlich frei wäre. Ich muss mich gar nicht verlieben. Ich brauche keinen Freund. Ich muss mir keinen Druck machen. Und das ist großartig. Ich bin anders, aber dieses Anders hat jetzt einen Namen, und es ist okay.«

Ich strahlte, und aus einem Impuls heraus drückte ich sie noch einmal. »Ganz genau!«

Desirée umarmte mich zurück und stöpselte nun auch

meine Weste an. »Im Prinzip hab ich damit ganz schönes Glück. Wenn Verlieben so kompliziert ist, freu ich mich umso mehr, dass ich das nicht muss.« Sie nickte in Richtung Arena. »Eigentlich ist Aromantik so was wie eine Superkraft.«

So hatte ich das noch nie betrachtet. Aber sie hatte irgendwie recht damit.

»Stimmt, und eigentlich wärst du damit die perfekte Liebesgöttin. Du würdest niemals Privates und Geschäftliches vermischen.«

Desirée sah mich skeptisch an, stupste mich dann in die Seite und lachte. »Na ja, ich glaub, das ist nichts für mich. Ich bin viel lieber die Freundin einer Liebesgöttin. Bei der weiß ich zumindest, dass sie nicht die ganze Zeit an Dates denkt.«

Jetzt war es an mir, überrumpelt zu sein. Desirée hatte mich ihre Freundin genannt. Klar, ich hatte sie bei Paps auch so genannt, aber es war etwas anderes, wenn sie das sagte. Viel echter. Besonders weil ich gestern noch gedacht hatte, ich hätte Desirée verloren. Plötzlich fühlte ich mich ganz anders. Eine Freundin. Die allererste in meinem Leben! Da kamen mir doch glatt noch mal die Tränen. Auf einmal war mir ganz egal, was die anderen Nachwuchsliebesgötter und die anderen Jugendlichen über mich sagten. Denn ich hatte jetzt eine richtig echte Freundin. Damit war ich unbesiegbar!

»Du willst also trotzdem mit mir abhängen, obwohl ich dich nicht verlieben kann?«, fragte ich, um sicherzugehen.

»Machst du Witze? Na klar! Das ist doch nicht der einzige Grund, warum ich dich mag! Und wer kann schon behaupten, mit der Liebesgöttin der Schule befreundet zu sein?«

Mein Herz zog sich zusammen. Ich konnte nicht an dieser Schule bleiben, wenn ich eine Liebesgöttin sein wollte. Als Liebesgöttin musste ich auf der ganzen Welt unterwegs sein, um Leute zu verlieben. Ich würde kaum noch Zeit für Desirée haben und sie nicht mehr jeden Tag sehen.

In dem Moment erscholl ein lauter Schrei.

»VALENTINA, ICH WEISS, DASS DU DA DRIN BIST!«

Wie konnte eine so schöne Stimme so furchtbar klingen. Mir sank das Herz in die Hose.

»Wer ist das denn?« Desirée sah zu Tode erschrocken aus. Um diese Uhrzeit sollte niemand Fremdes Zutritt zur Lasertagarena haben. Und tatsächlich war es auch viel schlimmer als ein einfacher Einbrecher.

»Das ist meine Oma. Die Göttin Aphrodite.«

Kapitel 29

ALL YOU NEED IS LOVE

Aphrodite stand neben dem Tresen der Lasertaghalle und war vor Zorn ganz rot im Gesicht, was ihr ein wenig von ihrer natürlichen Schönheit nahm. Sie war kurz vorm Explodieren. Trotzdem konnte Desirée nicht anders, als sie ehrfürchtig anzustarren.

»So schön«, hauchte sie, und Tränen liefen ihr über die Wangen.

Ach ja, die berühmte Göttliche Überforderung. Ich hatte mir sagen lassen, dass sich Aphrodites Anblick so anfühlte, als würde man bei einem Sonnenuntergang am schönsten Meer der Welt stehen mit dem schönsten Song im Ohr und einem Hundewelpen auf dem Arm und hätte gerade gesagt bekommen, dass sich der größte Traum erfüllt habe. Und zwar alles gleichzeitig. Das konnte einen Menschen schon mal zum Weinen bringen. Oder zur Ohnmacht führen.

Aphrodite schnaubte. »Oh, schön, du hast das Menschenmädchen gleich mitgebracht, das du eingeweiht hast. Das trifft sich ja vorzüglich!« Ihrem Tonfall entnahm ich, dass sie das ganz und gar nicht so meinte.

»Du weißt davon?«, stammelte ich. Anscheinend hatte Paps' Plan mit der Ablenkung nicht funktioniert.

»Ja, natürlich weiß ich davon, Valentina! Ich weiß alles, was mit Liebe zu tun hat und besonders mit deiner Prüfung. Ich bin wirklich mehr als enttäuscht von dir. Ich meine, meine Erwartungen waren niedrig, aber du hast sie unterboten. Ich hätte dir wirklich nie die Chance geben sollen.«

Ich war darauf vorbereitet gewesen, dass Aphrodite mich ausschimpfen würde. Aber es traf mich doch ziemlich hart, wie enttäuscht sie von mir war. Vor allem weil sie meine Verfehlungen dann noch genüsslich an ihren von Natur aus perfekt manikürten Fingern aufzählte.

»Du weihst ein Menschenmädchen ein und erzählst ihm alles über unsere Tätigkeit als Liebesgöttinnen. Du versuchst außerdem, dieses Mädchen mit deiner Zielperson zu verlieben, obwohl sie nicht nur aromantisch, sondern auch die Schwester der Zielperson ist. Dir zerbricht dabei ein Pfeil, und du versuchst größenwahnsinnig, deine Mission ohne Liebespfeil zu Ende zu führen, und sagst mir nicht mal Bescheid. Dann zerbricht dir der andere Pfeil, weil die Liebe nicht erwidert wurde. Und dann klaust du auch noch zwei weitere Pfeile. Habe ich irgendetwas vergessen?«

Die Stille wurde unterbrochen von Bussi, der röchelte,

weil er versuchte, einen ganzen Schokoriegel auf einmal in seinen Schnabel zu stopfen. Er stand mittlerweile in einem Beet aus leeren Süßigkeitenverpackungen, war voller Schokolade, und sein Bauch war zur doppelten Größe aufgequollen. Aber er machte keinerlei Anstalten aufzuhören. Aphrodite verzog den Mund, als wollte sie sagen: »Ja, das auch noch!«

»Ich muss wohl nicht sagen, dass du durchgefallen bist – und das mit Bravour! So schlecht war noch niemand.«

Mein Herz gefror. Die Worte aus ihrem Mund machten es endgültig, auch wenn ich es hatte kommen sehen. Aber jetzt war es wirklich Realität.

Aphrodite fuhr fort: »Du bist auf keinen Fall bereit, Liebesgöttin zu werden. Noch lange nicht. Im Gegenteil. Wahrscheinlich wirst du es nie sein. Und da ich das heillose Chaos, das du angerichtet hast, jetzt beseitigen muss, wirst du zur Strafe einen Monat lang mein persönliches Pfeillager polieren.«

Ich zuckte zusammen. Ich wusste nicht, was schlimmer war: durch die Prüfung zu fallen, als ungeeignete Liebesgöttin bezeichnet zu werden, die Abertausenden Pfeile, die Aphrodite seit Äonen nicht mehr genutzt hatte, zu putzen, oder dass ich während der Zeit wahrscheinlich bei ihr wohnen musste. Ich konnte wohl froh sein, dass sie das mit Hephaistos nicht mitbekommen hatte. Sonst hätte ich das Ganze wahrscheinlich machen müssen, während ich auf einem aktiven Vulkan stand.

»Hast du mich verstanden, Valentina?«

Ich schielte zu Desirée, ein wenig in der Hoffnung, dass sie mich verteidigen würde. Doch keine Chance, Desirée starrte Aphrodite immer noch mit offenem Mund an. Die Göttliche

Überforderung war am schlimmsten, wenn Menschen zum ersten Mal einem Gott begegneten. Ihre Hirnaktivität setzte kurz aus. Sie musste erst neu hochfahren. Wie bei einem Computer. Bei Desirée würde das noch ein paar Minuten dauern.

Also nickte ich nur. Mir blieb ja nichts anderes übrig. Aphrodite lächelte kalt und zufrieden. »Sehr schön, dann ...« Doch in dem Moment flog die Tür auf.

»Einen Moment noch, Mutter!« Amor marschierte herein. Seine Toga strahlte in voller Pracht, und er leuchtete so herrschaftlich, wie ein Liebesgott nur leuchten konnte. Sein geschwungener Bogen umrahmte seinen Rücken.

»Oh«, hauchte Desirée überrascht. Na toll. Jetzt fing die Göttliche Überforderung von Neuem an.

»Da habe ich ja wohl noch ein Wörtchen mitzureden!« erklärte Paps und positionierte sich vor seiner Mutter. Auch wenn er um einiges kleiner und weniger eindrucksvoll war als Aphrodite, sah er ihr gerade erstaunlich ebenbürtig aus. Was Selbstbewusstsein doch ausmachen konnte.

Aphrodite musterte ihn. »Ich habe gehört, dass du deine Arbeit wieder aufgenommen hast. Wurde auch wirklich Zeit. Trotzdem hast du dich hier herauszuhalten, das ist eine Sache zwischen mir und meiner Enkelin.« Sie drehte sich wieder zu mir.

»Nein, das ist es nicht!«, meinte Amor. »Und ich werde mich nicht raushalten.«

Oh, wow. So viel Kontra hatte Paps Aphrodite noch nie gegeben. Sie schien ebenfalls überrascht und sah wieder zu ihm. »Wie bitte?«

»Ich finde, Valentina hat mehr als bewiesen, dass sie das Zeug zur Liebesgöttin hat. Und zwar aus all den Gründen, die du eben gerade genannt hast.«

Aphrodite war nun ziemlich baff. Aber auch neugierig. Genau wie ich. »Ach ja? Erklär mir bitte, wie ihr Versagen gut sein soll!«

Bei dem Wort »Versagen« war mein Herz schon wieder im Begriff, sich von einer Klippe zu stürzen, was wohl auch Paps bemerkte. Schnell fuhr er fort:

»Natürlich hat sie sich zu Beginn sicherlich nicht besonders schlau angestellt, aber seien wir ehrlich: So waren wir alle bei unserem ersten Einsatz.«

Mann, war ich froh, dass er das dazugesagt hatte. Sonst hätte er sich seine Verteidigung auch sparen können.

»Aber Valentina hätte einfach aufgeben können nach dem Verlust des ersten Pfeils und der Feststellung, dass sie sich die denkbar schlechteste Person zum Verlieben ausgesucht hatte.« Er gestikulierte Richtung Desirée, die aber nicht antwortete, sondern nur leicht entrückt vor sich hin grinste. Schön, wenn man Beleidigungen gar nicht mitbekam, weil man so göttlich überfordert war.

»Doch sie hat aus der Not eine Tugend gemacht – sie hat ihre eigenen Fehler erkannt und sich eine menschliche Komplizin gesucht, die diese Fehler ausglich. Darauf muss man erst mal kommen!« Nett, wie er umformulierte, wie Desirée mich gezwungen hatte, aber ich würde ihm nicht widersprechen.

»Sie hat nicht aufgegeben und es trotz aller Widrigkeiten weiter versucht. Und selbst als ihre Aufgabe am Ende so gut wie aussichtslos war, hat sie eingesehen, dass sie die Sache zu Ende führen muss, auch wenn das hieße, ihre Prüfung nicht zu schaffen. Aber Liebe hat immer Priorität. Weswegen sie mich um zwei weitere Pfeile gebeten hat.«

Ich konnte gerade noch ein Aufkeuchen wegen dieser letzten kleinen Lüge unterdrücken, da Paps mir einen strengen Blick zuwarf, der sagte: »Jetzt keine falsche Reaktion!« Dass er wegen mir seine Mutter anlog – Wahnsinn! Vor gar nicht langer Zeit war er noch davon überzeugt, dass ich nicht bereit sei. Und jetzt legte er seine Hand für mich ins Feuer und glaubte so sehr an mich.

Es erzeugte den erwünschten Effekt bei Aphrodite. Sie konnte es nicht fassen. »*Du* hast ihr die Pfeile gegeben?«

»Ja. Wundert mich, dass du das nicht wusstest.« Wie konnte Paps so flunkern, ohne rot zu werden?

Aphrodite wusste nun gar nicht mehr weiter, also konzentrierte sie ihre Wut auf Paps. »Du hast mich hintergangen! Das war meine Prüfung, und du hilfst Valentina beim Schummeln. Unfassbar!«

Doch Paps hob den Finger. »Also, erst mal hast du mir nie verboten, meiner Tochter zu helfen oder ihr weitere Pfeile zu geben. Und was willst du tun? Mich rausschmeißen? Du weißt genau wie ich, dass du das nicht willst.«

Aphrodite presste ihre Lippen zusammen. Sie hatte kein Druckmittel. Paps' Ausfall war für alle hart gewesen. Paps strahlte und setzte frech noch einen drauf: »Außerdem war das eine wirklich harte Aufgabe, findest du nicht? Ich meine: ein Junge, der keine Beziehung will, weil seine Schwester aromantisch ist. Und dann auch noch seine beste Freundin, die ihr ganz eigenes Päckchen zu tragen hat. Noch dazu sind beide wirklich nicht besonders selbstbewusst. Und immerhin war es für die zwei die allererste Liebe, was ja bekanntlich die schwerste von allen ist. Das war schon eine harte Nummer, nicht wahr, Valentina?«

Ich nickte. »Ja, genau! Das war echt fies.« Und dann beschloss ich es zu wagen. »Außerdem hast du mich in die falsche Klasse gesteckt, was es doppelt schwer gemacht hat. Aber na ja, es ist ja trotzdem alles gut gegangen.«

»Und das ist doch das Wichtigste, Mutter!«, schloss Amor. »Der Junge und das Mädchen sind verliebt und turteln jetzt in der Arena hinter uns rum.«

Aphrodite bedachte mich und Paps mit zusammengekniffenen Augen. Doch dann seufzte sie tatsächlich und entspannte sich. »Gut, na schön, fein, ihr habt gewonnen. Es ist alles gut gegangen.« Sie druckste herum und sprach die für sie schwierigsten Worte aus: »Vielleicht ist Valentina doch bereit, obwohl ihre Art ein wenig unkonventionell ist. Also schön, meinetwegen darf sie ihre Ausbildung zur Liebesgöttin beginnen.«

Meine Ohren klingelten. Hatte ich das gerade richtig verstanden? Ich wartete kurz, ob sie noch was hinzufügte, aber da kam nichts. Es brach aus mir heraus, und ich umarmte Desirée. »Hurra!«

Das riss sie endlich aus ihrer Trance, und sie sah mich verwirrt an. »Was?«

»Ich werde Liebesgöttin!«, rief ich, und da freute sich auch Desirée mit mir und umarmte mich zurück.

»Oh, wie großartig, du darfst endlich Leute verlieben.«

Als ich Desirée losließ, umarmte Paps mich von hinten. »Gut gemacht, Herzchen. Ich bin stolz auf dich.«

»Moment!«, unterbrach Aphrodite unseren Freudentaumel. »Noch bist du keine Liebesgöttin. Du darfst deine Ausbildung beginnen, sagte ich!«

Ich stockte. Es klang, als würde das etwas Schreckliches bedeuten. »Heißt das, ich darf doch keine Menschen verlieben?«

Aphrodite wiegte den Kopf. »Schon, aber nur unter Aufsicht. Und du wirst eine ganze Menge weiterer Prüfungen ablegen müssen, die genauso hart werden wie diese. Wenn nicht sogar härter.« Sie trat erhobenen Zeigefingers an mich heran. »Und ich möchte mal klarstellen, dass es kein Fehler war, dich in diese Klasse zu stecken, sondern Absicht. Überleg doch mal – wie hättest du das alles sonst lösen können?«

Moment mal ... Aphrodite hatte recht! Wäre ich in Philemons Klasse gewesen, hätte ich nie Desirée oder Leila kennengelernt. Und wenn ich die Sache mit Desirée nicht gelöst hätte, wäre Philemon nie mit Leila zusammengekommen. Mir wurde klar: Aphrodite war vielleicht ein wenig altmodisch. Und etwas arrogant. Und ganz schön gemein, weil sie mir eine schwierige erste Prüfung zugeteilt hatte. Aber sie war auch eine Göttin und ziemlich weise. Vor allem bei der Liebe.

Aphrodite lächelte wissend. »Unterschätze niemals eine Göttin.« Dann zog sie zwei Pfeile aus ihrem Gewand hervor und reichte sie mir. »Die sind für deine nächste Aufgabe. Details folgen bald.«

Ich umschloss die Pfeile ehrfürchtig, wie das Wertvollste, was mir je gegeben worden war.

Auch Desirée betrachtete sie staunend. »Und wie geht es jetzt weiter?«, wollte sie wissen. »Heißt das, du gehst jetzt weg und machst deine Ausbildung woanders?« Sie sah Amor fragend an.

Der räusperte sich. »Nun, wir werden noch darüber sprechen, wo wir Valentina einsetzen.«

Es war tatsächlich so, wie ich vermutet hatte. Ich konnte nicht an der Schule bleiben. In mir breitete sich eine große Traurigkeit aus, die meine Freude überschattete. Ich hatte in Desirée nicht nur eine tolle Freundin gewonnen, ohne sie hätte ich das alles auch nicht geschafft. Und auch sie wollte weiterhin meine Freundin sein und Zeit mit mir verbringen. Mir fielen all die Jugendlichen ein, die ich an der Schule gesehen hatte und die sich noch nach der ersten Liebe sehnten. All die Jugendlichen, die ich verlieben konnte und wollte – aber jetzt nicht durfte. Und ich erinnerte mich an diese unbeschreibliche Magie, die den Raum erfüllt hatte, als Philemon und Leila sich ineinander verliebten. Zum allerersten Mal in ihrem Leben. All das sollte ich hinter mir lassen? Nein!

»Könnte ich meine Ausbildung nicht an der Schule fortsetzen?«

Amor, Aphrodite und Desirée sahen mich erstaunt an. »Du willst an der Menschenschule bleiben?«, fragte Aphrodite erstaunt. »Obwohl es so viele andere Orte gibt? Ich meine, dort sind doch nur Kinder und Jugendliche. Die Liebe von Erwachsenen ist noch mal etwas ganz anderes.«

Ich stemmte die Hände in die Hüften. »Es sind nicht *nur* Jugendliche. Im Gegenteil! Sie entdecken die Liebe zum allerersten Mal – was für eine Ehre, wenn ich dabei sein dürfte!

Ist das nicht eine Liebe im Leben, die mit am besondersten ist? Die erste Liebe vergisst man schließlich nie.« Plötzlich traf es mich wie ein Blitz. »Was, wenn das meine Spezialisierung wird? Ich könnte die Göttin der ersten Liebe werden. Und wo könnte ich mehr darüber lernen als an dieser Schule?« Ich sah zu Desirée. »Außerdem brauche ich doch Hilfe von meiner Komplizin, die alles über die Menschen weiß.« Desirée strahlte mich an und drückte meine Hand.

Amor und Aphrodite wechselten einen Blick. »Die erste Liebe«, murmelte Paps. »Interessante Spezialisierung.«

Und Aphrodite nickte. »Gut, du darfst deine Ausbildung an der Menschenschule fortsetzen.«

Desirée umarmte mich wieder. »Das heißt, du bleibst?«

»Ich bleibe!«

Wir hielten uns an den Händen und sprangen quietschend auf und ab wie kleine Kinder auf dem Spielplatz. Das war fast noch großartiger, als Liebesgöttin zu werden. Aber nur fast.

»Dann erwarte ich aber auch, dass du weiter zur Schule gehst und im Unterricht mitmachst!«, ermahnte Aphrodite mich. »Zur Tarnung. Wäre doch ein Desaster, wenn du deine Ausbildung abbrechen müsstest, weil du wegen schlechter Noten der Schule verwiesen wirst.«

Mist, ich wusste, dass es einen Haken gab. Vielleicht doch eine Art meiner Großmutter, mich zu bestrafen?

Doch Desirée flüsterte mir zu: »Das kriegen wir schon hin.« Ich hoffte, dass sie recht hatte.

»Oh, und eins noch«, sagte Aphrodite. »Demeter ist wirklich nicht glücklich über die Sache mit den Eicheln. Falls du das noch mal machst, hat sie mit Konsequenzen gedroht.«

Bevor ich etwas sagen konnte, erstrahlte Aphrodite in einem hellen Licht und war fort.

Desirée starrte mich an. »Ich wusste, dass du das mit den Eicheln warst!«

Ich zuckte entschuldigend mit den Schultern. »Der Zweck heiligt die Mittel. Vielleicht kann Leila mir ja helfen, Demeter wieder zufriedenzustimmen.« Bei Leilas grünem Daumen sollte das kein Problem sein.

Da öffnete sich die Eingangstür der Lasertaghalle erneut. Dafür, dass es außerhalb der Öffnungszeiten war, war hier ziemlich viel los. Wir wirbelten herum. Eine Frau trat ein.

»Und ich wollte den Amoretten nicht glauben, dass ihr hier seid.«

Es dauerte einen Moment, sie mit Sonnenbrille, dem Hut und dem gepunkteten Sommerkleid zu erkennen. Aber es war ganz eindeutig: »Mama!«

Psyche brachte es gerade fertig, mir zuzuwinken, da wirbelte schon mein Paps auf sie zu und schloss sie in die Arme.

»Pfirsichblütchen!«, säuselte er. »Ich habe dich so vermisst. Es tut mir so leid, was ich gesagt habe und dass du dich bei mir langweilst.«

Oha, ein Gott, der zu seinen Fehlern stand. Paps hatte wohl etwas von mir gelernt.

Psyche strich ihm über die Wange. »Oh, Schnubbelchen, das ist doch längst vergessen.«

Beide begannen sich zu küssen, und ich wandte mich angewidert ab – warum mussten Eltern immer so peinlich sein?

»Schnubbelchen?«, fragte Desirée, die sich zu meinem Ärger nicht abgewendet hatte und sich ein Lachen kaum verkneifen konnte.

»Guck da nicht hin!«, befahl ich und drehte ihren Kopf von meinen Eltern weg. Sie prustete los.

In dem Moment pingte mein Handy. Ich zog es hervor, gerade als Paps und Mama – Götter sei Dank – die Lasertaghalle wieder verließen, vielleicht um draußen weiterzuknutschen.

Es war eine Nachricht aus der Nachwuchsliebesgottheitengruppe. Star. Wer sonst?

> Und, Valentina, wie sieht es mit deiner Prüfung aus? Dauert ja schon ein paar Tage.

Der Unterton war unverkennbar. Ich sollte mein Scheitern zugeben. Und anstatt es mir privat zu schreiben, wollte er mich vor der ganzen Gruppe bloßstellen. Doch da musste ich ihn enttäuschen.

»Ha, diesem Angeber zeig ich's! Komm, wir schicken ihm ein Foto. Du, ich, Philemon und Leila«, sagte ich zu Desirée und rannte in Richtung Arena.

Sie folgte mir. »Bist du sicher?«

Ich nickte. »Klar, dann werden sie schön eifersüchtig auf mein erstes Paar und meine menschliche beste Freundin und Helferin.«

Sie grinste. »Über den Titel müssen wir noch reden.«

Passenderweise öffnete sich in dem Moment die Tür zur Arena, und Leila und Philemon kamen Händchen haltend heraus. Super! So mussten wir gar nicht das ganze Schwarz-lichtlabyrinth nach ihnen absuchen.

Ich hob das Handy fürs Selfie. »Leila! Phil! Guckt mal verliebt!«

Und tatsächlich taten sie wie geheißen, und Phil drückte Leila einen dicken Kuss auf den Mund.

Desirée strahlte in die Kamera und zeigte auf die beiden, während ich einen meiner neuen Pfeile hochhielt. Im Hintergrund verschlang Bussi gerade den letzten Schokoriegel. Ich drückte ab und postete das Bild in die Gruppe.

Valentina, Tochter von Amor, ist ab heute höchstoffiziell Liebesgöttin in Ausbildung.

Epilog

Ich hatte Philemon, Desirée und Leila noch geholfen, die Halle aufzuräumen, und sogar Bussi von den Süßigkeiten losgeeist. Philemon hatte beteuert, dass ich die wirklich nicht ersetzen müsse, und seltsamerweise waren weder die Schule noch ihre Eltern sauer über die Fehlzeiten gewesen. Ich schätzte, dass da irgendwelche Götter ihre Finger im Spiel gehabt hatten …

Als ich abends nach Hause kam, kletterte ich durch mein Fenster ins Zimmer. Schließlich hatten Mama und Paps sich ewig und drei Tage nicht gesehen, und ich hatte keine Lust, ihnen in ihrem Liebestaumel über den Weg zu laufen.

Mit einem Satz hievte ich mich hinein und landete ächzend auf den Boden, wobei ich einige Unterlagen von meinem Schreibtisch fegte.

»Verflucht noch eins«, schimpfte ich.

»Sieh an, die frisch ernannte Liebesgöttin in Ausbildung, Valentina. Elegant wie immer.«

Ich erstarrte bei dieser viel zu samtigen Stimme.

Auf meinem Bett lag ein Junge in meinem Alter. Seine dunklen Haare waren perfekt wuschelig unter einer Cap gestylt, und er trug einen rosa Hoodie mit dem Logo eines Influencers. Er lag auch nicht wirklich auf meinem Bett, sondern schwebte wenige Zentimeter darüber. In der Luft hielten ihn die kleinen Flügel, die aus seinen Skaterschuhen sprossen und die gänzlich anders aussahen als meine. Natürlich, er musste in jeder einzelnen Sekunde mit seinen Flugkünsten angeben.

»Was willst du hier?«, knurrte ich.

»Ich wollte mal schauen, was du so treibst.« Er pflückte das *Titanic*-Foto von der Marmorsäule. »Sind die am Ende nicht gestorben? Daran solltest du dir echt kein Beispiel nehmen.«

Ich riss es ihm aus der Hand. »Raus aus meinem Zimmer.«

Er ließ sich sanft zu Boden gleiten, sodass er mir jetzt gegenüberstand. »Hey, warum so aggressiv?«

Frustrierenderweise war er auch noch einen ganzen Kopf größer als ich.

»Wir werden jetzt eine ganze Menge Zeit miteinander verbringen, da könntest du ruhig ein bisschen netter sein.«

Mir lief ein Schauer den Rücken runter. »Was meinst du damit?«

Er schnipste einen unsichtbaren Fussel von seinem Hoodie. »Nun, Aphrodite hat dir sicher gesagt, dass du deine

Prüfungen unter Aufsicht ablegen wirst. Und wer wäre dafür wohl besser geeignet als der Klassenbeste der Nachwuchsliebesgötter?«

Er grinste schelmisch, die himmelblauen Augen blitzten eiskalt, und mir wurde speiübel. Das konnte doch nur ein schlechter Scherz sein. Jeden hätte ich als Aufpasser akzeptiert. Jeden außer ihn.

Star.

Danksagung

Was passiert eigentlich, wenn der Liebesgott Amor selbst mal Liebeskummer hat und deshalb nicht mehr arbeiten will?

Das war die Frage, aus der schließlich die Idee zu *Valentina Amor* entstand. Denn natürlich übernimmt dann eine gewitzte Teenagergöttin mit pöbelnder Möwe. Und weil ich es bin, muss es natürlich witzig sein, dass die Fetzen fliegen, und ein paar ernstere Nuancen in der sonst so kuscheligen Liebesgeschichte geben.

Und dass Valentina jetzt endlich Liebesgöttin wird (huch, Spoiler!), verdanke ich einer ganzen Menge Menschen.

Zuerst sei das grandios famose Team von Schneiderbuch genannt, ganz vorneweg mit Valentina-Fanwimpeln: meine Lektorin Maike. Ich glaube ja, dass sie Valentina sogar noch ein kleines bisschen mehr liebt als ich, und ich hätte mir niemand Passionierteren an meiner Seite wünschen können. Das ist auch ein bisschen dein Buch!

Meine Agentinnen Paula und Diana, die mich bei jedem Schritt ermutigt, begleitet und verteidigt haben und als Erste das Potenzial der Geschichte erkannten.

Das Team von Nova Lasertag Lüneburg für die kompetente Beratung rund ums Thema Lasertag (sorry, dass ich es trotzdem manchmal ignoriert habe).

Meine Mama, weil es mich zu Tränen rührt, wie stolz sie auf mich ist.

Mein Bruder Raphael, weil ich ohne ihn nie so witzig geworden wäre. Die Möwe ist für dich.

Meine Schreibgruppe Johanna, Gaby und Sarah, weil ihr noch jedes Plot- und Lebensproblem lösen könnt und sowieso immer die Ersten seid, die von solchen Großartigkeiten wie diesem Buch erfahren.

Noch mal Johanna, aber diesmal mit Jonas und Julius, weil ihr für mich die Liebe verkörpert und ich immer bei euch zu Hause sein kann.

Annika, weil ich in deiner Wohnung in einem kargen Pandemienovember die ersten Seiten über Valentina schrieb und du es schon damals ganz, ganz doll liebtest.

Kirby, das meine Bücher immer mit vollem Herzen unterstützt – egal wovon sie handeln.

Maren, weil du die Traumleserin einer jeden Autorin bist. Wie schön ist es bitte, wenn deine Nachbarin plötzlich vor deiner Tür steht, damit du ihr die lange vorbestellten Bücher signierst.

Thomas, Ina, Lea und Alois, weil ihr mich sehr, sehr glücklich macht.

Tina, Nils, Lisa und Sofia. Immer.

Und mein großartiger internationaler Jahrgang von Animation Sans Frontières, der dieses Buch zwar (größtenteils) nicht lesen kann, mich aber immer anfeuert und sich so sehr für mich freut, wie sich noch nie jemand für mich gefreut hat.

Euch allen ein richtig fettes Danke! Von Herzen! Ich lege bei Amor ein gutes Wort für euch ein.

Tina, Nils, Lisa und Sofia. Immer.

Und mein großartiger internationaler Jahrgang von Animation Sans Frontières, der dieses Buch zwar (größtenteils) nicht lesen kann, mich aber immer anfeuert und sich so sehr für mich freut, wie sich noch nie jemand für mich gefreut hat.

Euch allen ein richtig fettes Danke! Von Herzen! Ich lege bei Amor ein gutes Wort für euch ein.